FEMMES DU COGNAC

DE L'OMBRE À LA LUMIÈRE

www.gesteditions.com

MONIQUE FILLIOUX

FEMMES DU COGNAC

DE L'OMBRE À LA LUMIÈRE

LA GESTE

LIVRE DÉDIÉ À...

Une femme exceptionnelle, *Catherine Mousnier Rebillier*. Juriste, viticultrice et rédactrice en chef de la revue Le Paysan Vigneron durant plus de trente ans. Sa vie de femme du cognac, associée à sa plume talentueuse, a permis de servir la viticulture en partageant avec passion ses analyses et son expérience.

SOMMAIRE

ÉDITORIAL

Des femmes inspirantes !

Alors que tant de volontés politiques sont affichées à travers toute l'Europe pour établir l'égalité Hommes-Femmes, des étapes historiques ont été acquises avec les hommes – le droit de vote accordé aux femmes par le Général de Gaulle en 1944 – ou conquises par des femmes engagées, comme Lucie Aubrac la résistante, Simone Veil, premier président de Parlement Européen et auteur de la loi éponyme. Mais aussi des artistes comme Joséphine Baker, des créatrices comme Coco Chanel, des auteures comme Simone de Beauvoir, des scientifiques comme Marie Curie et tant d'autres…

C'est qu'il en faut, des énergies conjuguées, pour sortir de siècles pendant lesquels l'image de la femme est restée confinée au cercle domestique, à la vie rétrécie de femme d'intérieur, de mère attentive et d'épouse modèle !

Il est grand temps de chambouler ces représentations perverties !

Regardez un peu Pénélope, l'épouse d'Ulysse parti vingt ans de son royaume d'Ithaque, pour aller faire la guerre de Troie. Loin de la femme qui passe sa vie à attendre le retour de son époux en faisant de la tapisserie, c'est une femme de tête qui décide elle-même de son avenir ! Si elle défait sa tapisserie chaque nuit, c'est par ruse – une qualité très grecque qu'elle partage à l'égal des hommes – pour gagner du temps, repousser ses prétendants et préserver le royaume d'Ithaque en attendant le retour de son époux…. La fine mouche ! C'est elle qui décide.

La galerie de portraits de « Femmes du Cognac » nous fait pénétrer dans des itinéraires riches de femmes libres qui, comme Pénélope, décident de leur destin.

Formées, souvent multi diplômées, elles ont cherché, trouvé, choisi leur voie après avoir aiguisé leur regard sur elles-mêmes par un regard sur les autres.

Comme Ulysse, le voyage fait partie de leur expérience et nourrit leurs décisions.

Comme Jean Monnet, en allant voir ailleurs, ces « Femmes du Cognac » ont enrichi leur regard sur leur territoire, sur leurs racines.

C'est cette liberté assumée de leur itinéraire de vie, parfois complexe, jamais écrit d'avance, qui construit leur équilibre de femme dans leur vie professionnelle et personnelle.

Loin des clichés sociaux qui ont la peau dure, elles savent être à la fois fortes et douces : fortes pour relever les défis, douces pour se glisser dans les sagas familiales. Mais toutes se montrent des créatrices pertinentes de l'avenir.

Voilà ces femmes dynamiques, épanouies, inspirantes qui ont accepté de raconter leur histoire personnelle. Ce livre doit nous engager à continuer à agir sans relâche pour refuser définitivement qu'à diplôme égal et poste égal, le salaire d'une jeune femme soit inférieur à celui d'un homme dès sa première embauche. Nous engager aussi à refuser encore que la carrière des femmes aille moins vite que celles des hommes. Refuser enfin, que les femmes à la retraite glissent vers la pauvreté.

Ces « Femmes du Cognac » sont un engagement : « Connais-toi toi-même » dit Socrate. Se connaître, c'est aussi savoir choisir, accepter les difficultés, être fière de ce que l'on fait et rendre sa famille fière de son travail.

Les femmes ont en elles de grandes qualités, tout à la fois créatrices, innovatrices, résistantes, organisatrices, négociatrices, artistes. Elles ouvrent des voies nouvelles, parfaitement complémentaires de leurs conjoints et des générations qui les ont précédées.

Ces « Femmes du Cognac » ne sont pas des égéries de la rupture ; elles savent apporter à leur activité un nouvel élan, un renouveau, un avenir.

Elles sont joyeuses, pleines d'entrain, pétries d'imagination et d'audace.

Aucun doute ! La lecture de ces « Femmes du Cognac » va vous entraîner vers de nouvelles perspectives !

Élisabeth MORIN-CHARTIER
Présidente de la région Poitou-Charentes 2002-2004
Députée Européenne Questeur 2007-2019
Membre honoraire du Haut Conseil à l'Égalité

PRÉFACES

Passion et talent

Alors c'est vrai ce qu'on dit ? Les femmes boivent du cognac… et elles le font, aussi ! C'était loin d'être gagné, il y a quelques décennies, quand les hommes croyaient qu'elles avaient le don, en pénétrant dans un chai, de faire tourner les eaux-de-vie.

Il en a fallu du courage, de la détermination voire de l'entêtement aux pionnières, qui ont ouvert la voie. Au milieu des années 1980, Jacques Hardy avait d'ailleurs conseillé à sa fille Bénédicte, bardée de diplômes et prête à embrasser le monde du cognac : "Il faudra que tu en fasses plus, que tu sois plus brillante et que tu aies une vie personnelle irréprochable".

Aujourd'hui, les femmes sont présentes à tous les niveaux : de la vigne à la bouteille, de la distillerie à la tonnellerie… Les bottes aux pieds et la tête bien faite. Quand on parcourt cette galerie de portraits, on se rend compte qu elles n'ont pas seulement fait preuve d'opiniâtreté et d'exigence, ces femmes-là se sont aussi laissé guider par la passion. La passion d'un produit, d'un terroir et d'une histoire, qu'elles prennent toujours plaisir à transmettre et partager.

Cet ouvrage met en lumière des femmes qui ont osé faire leur place dans un univers d'hommes. C'est plus facile pour Marine Babinot, 30 ans, que pour Maryline Ardouin, de 28 ans son aînée. Car des barrières sont tombées.

Preuve que les choses ont évolué ; les postes clefs se féminisent aussi dans les grandes maisons de cognac. En 2020, Mélina Py a pris la direction de Martell. Chez Hennessy, la même année, Mathilde

Boisseau a été promue directrice Vigne et vin. Elle siège même au sacro-saint comité de dégustation, dont les places ont été réservées aux hommes durant des siècles.

La féminisation s'est engagée il y a plus longtemps chez Rémy Martin. En 1988, Dominique Hériard-Dubreuil est devenue la première femme à diriger la maison ; puis à la présider. C'est à ce titre qu'elle a eu "l'audace" de faire de Pierrette Trichet, la première femme maître de chai du cognac, en 2003. "Sur ce sujet, il ne pouvait y avoir aucun débat; c'est le talent qui l'a emporté", assure Dominique Hériard-Dubreuil pour expliquer son choix.

Du talent, pour sûr, il y en a à revendre chez toutes les femmes qui se dévoilent au gré de ces pages.

Julie PASQUIER
Journaliste

Quelle bouffée d'oxygène ces « Femmes du Cognac ! »

Lire leurs parcours, c'est s'offrir le meilleur remède contre ces périodes de la vie où découragement, doute, remise en question... nous envahissent et nous laissent léthargiques, même devant nos passions les plus ancrées. Elles en ont pourtant connu de tels moments, mais leur énergie, leur conviction, leur ténacité les ont portées pour trouver la force d'avancer, sans pour autant savoir avec certitude ce que serait demain.

Elles ont toutes en commun d'être animées par leur attachement au terroir, aux racines familiales, qu'elles soient les leurs ou qu'elles les aient épousées. La notion de transmission prend chez elles tout son sens, pour poursuivre ce que d'autres ont édifié, tout en y ajoutant leur propre regard. Guidées par leur quête de qualité, elles veillent à son respect dans tous les domaines, pour leur entourage, familial et professionnel ; pour leurs clients aussi, qui seront les meilleurs ambassadeurs de leur travail.

D'ailleurs, elles aiment les chouchouter leurs clients, devenus souvent des amis qui ont plaisir à être accueillis dans ce cadre familial ; moment privilégié pendant lequel elles ont aussi à cœur de leur faire découvrir les paysages qui façonnent leur campagne, de part et d'autre de leur beau fleuve Charente, ce terroir qui les a séduites au point d'y amarrer leur vie.

Et dans leur vie si bien remplie, elles trouvent la place de cultiver leur jardin secret : danse, musique, sport... pour les unes, lecture, poésie, cuisine... pour les autres. Pour toutes, un dénominateur commun, celui qui est le lien indéfectible, le cognac, pour lequel elles sont sans cesse à la recherche du meilleur accord avec les mets qu'elles préparent, pour le bonheur de leurs clients ou de leurs proches.

C'est tout un art de vivre, cher à ma passion et à mes convictions, qui rassemble les âmes. Ces « Femmes du Cognac » illustrent à merveille une citation d'Anthelme Brillat-Savarin, que je fais mienne : « *Convier quelqu'un c'est se charger de son bonheur pendant tout le temps qu'il est sous votre toit* »... pas étonnant que les clients passés sous leur toit soient devenus des amis !

Françoise BARBIN-LÉCREVISSE
Auteur et chroniqueuse culinaire
Élue en 2015 membre titulaire de l'Académie d'Angoumois

Rencontres dans la lumière

Passionnée de photo depuis toujours, ce n'est pourtant que sur le tard que j'en ai fait une activité professionnelle.

Travail de studio, de nature ou d'évènements, la capture d'un éclat, d'un regard, d'une expression ; tout ceci fait partie de mon univers.

L'expérience des Femmes du Cognac fut riche en rencontres, personnalités toutes attachantes. Elles se sont complaisamment soumises au dur exercice du portrait en studio, sous l'œil de l'objectif. Elles sont magnifiques sous cet éclairage allant de l'ombre à la lumière. Mon œil s'est adapté et a progressé au fur et à mesure des shootings. Aller dans un monde plus intimiste, très proche de l'héritage, de la terre et de ses valeurs.

L'ensemble de ces femmes, avec naturel, m'ont emmené dans leur monde sans prisme, me poussant à voir le monde du cognac sous une nouvelle facette ; un monde où les femmes sont omniprésentes, où elles sont à leur place, dans la lumière. Peu habituées aux flashs, elles tracent leur chemin en toute simplicité mais avec savoir-faire, la tête haute mais sans orgueil.

J'ai aussi – et surtout – compris la similitude entre les femmes et le cognac. Comme le liquide ambré qui lui donne son nom, elles savent prendre la lumière sous le bon angle, généreuses et fortes, fascinantes et travailleuses. Elles rendent le meilleur de ce qu'on leur apporte.

Merci à ces femmes de m'avoir ouvert et fait découvrir leur univers, et merci à Monique Fillioux et Annie Ragnaud Sabourin de m'avoir confié cette belle mission.

Albane de ROFFIGNAC
Photographe

DE A À Z AU CŒUR DU COGNAC LA GRANDE CHAMPAGNE

Sous la direction de Michel Guillard, avec la collaboration de Gilles Bernard
Ouvrage achevé d'imprimer en janvier 2019 pour Inventaire des territoires
Éditions François Baudez

LE RÔLE DES FEMMES DANS LE COGNAÇAIS

De l'ombre à la lumière

Les femmes ont acquis très tardivement une reconnaissance sociale et économique pour leur travail dans les vignes. Aujourd'hui, elles sont présentes dans toutes les fonctions du monde viticole, notamment dans le Cognaçais, vitrine de la féminisation croissante de la filière en Nouvelle-Aquitaine.

Où sont les femmes ? Dans des temps pas si anciens, et toujours d'actualité, le plus souvent immortalisées sur des affiches célèbres ou dans les magazines, leur plastique utilisée pour promouvoir les vins et spiritueux dans les publicités. Et pourtant, dès que les vignes sont apparues en Saintonge au IIIe siècle, les femmes ont toujours été présentes dans le monde viticole ; petites mains aux côtés d'un père ou d'un mari ou simplement travaillant sur un domaine viticole, mais sans rémunération, sans la moindre reconnaissance. Et au final l'histoire n'a pas retenu la trace de leur présence *(Jean-Louis Escudier – Les Femmes et la vigne)*.

La taille des vignes, tâche noble, est réservée aux hommes, les femmes tirent les bois, attachent, relèvent, tâches saisonnières de janvier à juillet. Elles participent également aux vendanges. Interdiction pour elles de franchir les portes des chais, sous prétexte de soi-disant...raisons biologiques, qui feraient « tourner le vin » ! Ce sont des évènements comme les guerres ou la perte d'un époux ou d'un père qui feront que les femmes devront accomplir toutes les tâches permettant de tenir debout ces domaines, tant dans les vignes que dans les chais.

Sur les domaines viticoles de Grande Champagne, ces magnifiques domaines en cour fermée, au moins trois générations de propriétaires habitent dans la maison de maître et deux ou trois couples d'ouvriers vivent sur le domaine. Les hommes travaillent dans les vignes, les femmes s'occupent de la maison, des enfants, de la cuisine, du potager, de la basse-cour, et accomplissent les tâches saisonnières dans les vignes, mais la plupart du temps le tout sans rémunération. Le rôle des femmes en agriculture est perçu de façon très sociale, ménagère.

Petites mains également dans le secteur du négoce de toute taille : mise en bouteille, bouchage, étiquetage, mise en caisse, le commerce du cognac se développant de façon extraordinaire au XIXe siècle.

Sur le plan strict de la viticulture, d'un non salariat à un demi salariat, les femmes vont commencer à acquérir une certaine reconnaissance dans les années 1950-1960. La MSA (Mutuelle Sociale Agricole) va mettre en place des formations et les femmes, pour la plupart, seront enfin déclarées en tant que salariées agricoles, avec toutefois des salaires moindres que ceux des hommes, ce qui est toujours d'actualité en 2018. Seul le SMIC horaire est identique pour tous, sans discrimination.

De fait, Il faut attendre les années 2000 pour que les femmes passent réellement de l'ombre à la lumière. En 2017, en moyenne 40 % de femmes sont salariées agricoles et 25 % chefs d'exploitations, sous la forme juridique GAEC, EARL ou SCEA *(Source MSA traitement Inra ODR)*. Dans les deux cas, les chiffres sont en légère baisse par rapport aux années 2006-2007. En effet, les femmes se tournent de plus en plus vers les activités administratives et commerciales.

Il est d'ailleurs à observer que lorsque les femmes, depuis leur enfance, restent sur les exploitations familiales, bien que souvent détentrices de diplômes agro-viticoles, elles sont plus techniques et sont attachées à la production des eaux-de-vie, tant dans les vignes que dans les distilleries et les chais. Lorsque, adolescentes, elles font des études de commerce ou autres, durant quelques années elles vont vers d'autres ailleurs, en France, voire à l'étranger. Si elles décident de revenir sur la propriété familiale, elles s'attachent plus spécifiquement à la valorisation de cette production : design, marketing, commerce.

Les garçons majoritairement restent plus techniques. Ceci est conforté par les statistiques de l'Université des eaux-de-vie à Segonzac. Dans la filière BTS viti-oeno, garçons et filles s'équilibrent à 50/50. Cela reste la règle en licence commerce et distribution.

Mais en master I et master II, droit, gestion et commerce, les filles représentent 80 à 90 % de la filière liée aux spiritueux.

Sur les 15 780 emplois de la région, le cognac rassemble la quasi-totalité des emplois des salariés de l'industrie des boissons (98 %). Tout confondu, les femmes représentent un tiers du salariat au sein de la filière et 5 % occupent des postes de cadres, contre 7 % pour les hommes ; avec dans toutes les catégories un salaire horaire souvent inférieur de 10 % comparé aux hommes. *(Source Draaf)*

Toutefois, ces dix dernières années, des femmes ont été nommées à des postes clés, directrices d'organismes professionnels, essentiels au fonctionnement de la région : BNIC (Bureau National Interprofessionnel du Cognac), Comité du Pineau, Chambre d'agriculture, Antenne INAO à Cognac, Union Générale des Viticulteurs, Direction départementale des territoires, entre autres.

Et, « petite » révolution, une femme, Pierrette Trichet, a été nommée Maître de chai, le graal en Cognaçais, dans une des grandes maisons de cognac. Depuis on commence à voir quelques femmes occupant cette fonction dans le petit et moyen négoce.

De toute évidence, dans toutes les strates de la profession agro-viticole, la féminisation est en route, tout particulièrement dans le Cognaçais, un des piliers de la filière viti-vinicole de la Nouvelle Aquitaine.

Monique FILLIOUX et Annie RAGNAUD-SABOURIN
De A à Z AU CŒUR DU COGNAC – LA GRANDE CHAMPAGNE
Éditions François Baudez

PORTRAITS

LAETITIA ADOL – Distillatrice

AU CŒUR D'UN « MÉNAGE À TROIS » !

De Cognac à Cognac, la route n'est pas si droite. Peut-être à cause de ce fleuve Charente, qui sinue de la Haute-Vienne au sud de Rochefort en Charente-Maritime, pour se jeter dans l'océan Atlantique. Mais pas seulement… après tout, l'Amérique du sud n'est pas si loin et cette Charentaise-là aime les chemins de traverse.

Elle est vraiment d'ici, Laetitia Adol. Cognac la voit naître en 1967. Toutes ses origines, que ce soit maternelle, la famille Tourny, ou paternelle, la famille Lucquiaud, baignent dans le cognac depuis le XIXe siècle. Elle en représente la cinquième génération. Un grand humaniste dans la famille : l'arrière-grand-père paternel, Pierre. Il crée la revue « Le Paysan Vigneron », la coopérative Unicoop et même une banque dédiée à la viticulture : la Caisse de Crédit Agricole du Pays de Cognac. L'enfance de Laetitia s'écoule agréablement à Cognac, dans le superbe manoir familial de style normand. Il domine la Charente. Elle s'en souviendra.

Pour son avenir, adolescente, elle n'a aucune envie particulière. Elle se laisse alors porter par la mode du moment : le commerce et les finances. Après un bac scientifique, elle intègre une prépa HEC à Paris, puis une école de commerce, l'ISG (Institut Supérieur de Gestion), dont elle sort diplômée en 1990. Animée d'un fort esprit d'entreprise, elle crée, parallèlement, avec deux amies, une société d'hôtes et hôtesses d'accueil pour les salons. Structure qu'elle revend en 1989. Arrive le moment d'intégrer le monde de la finance. Elle rentre à la Société Générale, toujours à Paris. Un cursus très formateur. Mais tout à coup : « Je n'en peux plus de Paris, de cette vie de citadine ». Son mari, Frédéric, est consultant export dans une autre banque. Laetitia confie : « Je voulais aller voir ce qu'il se passait dans le monde ». La France a une aura très positive quant à son savoir-vivre et sa gastronomie. Le hasard conduit le jeune couple au Guatemala, où il rencontre le Président de la République, ni plus ni moins !! Il est enthousiasmé par leur projet de créer une résidence hôtelière et encourage Laetitia et son mari à investir. En 1997, sur la côte Pacifique, ils achètent quelques hectares de sable et font construire un éco-lodge, comprenant douze pavillons. C'est le succès. Laetitia est aux fourneaux, concoctant des plats bien français, Frédéric s'occupe de l'intendance. Tout roule, il fait chaud, la vie est belle, mais la fin n'est pas loin. Le couple divorce en 2003. Cette expérience a forgé le caractère de Laetitia. « Aujourd'hui, je n'ai plus peur de rien », confie-telle.

La Charente revient au goût du jour en la personne de sa mère, Françoise. Il y a une place à prendre à la distillerie familiale, à Louzac-Saint-André, au lieu-dit Montlambert. Après quelques mois de réflexion, Laetitia fait ses valises et revient en Charente chez ses parents, avec deux malles métalliques pour tout bagage. Elle a 37 ans.

Il lui faut reconstruire deux vies, personnelle et professionnelle. Et tout est à apprendre. Une équipe est déjà en place. Pour s'intégrer, être acceptée, c'est avec humilité qu'elle se fait observatrice de cette nouvelle vie. Mais il lui faut aussi trouver sa place dans la structure familiale liée aux deux entités : viticole (les vignes) et commerciale (la distillerie). Sa mère Françoise a une sœur, et chacune, deux filles. Toutes sont associées. Une SARL régie les trente hectares de vignes en Borderies et une SA gère la distillerie, bouilleur de profession et marchand en gros. En 2005, fonction des affinités de chacune, une cousine reprend le vignoble et Laetitia la gestion de la distillerie. « La terre, les vignes, ce n'est pas mon truc », glisse-t-elle. Elle a une bonne expérience dans la gestion d'entreprise et la situation est claire. Un boulevard s'offre à elle et elle prend le tout à bras le corps. Elle ajoute deux chaudières, ce qui porte à dix le nombre total. Une superbe

enfilade d'alambics aux tons cuivré-rouge, rutilants. Elle assainit les finances et développe l'activité. Elle démarche de nouveaux viticulteurs pour ajouter du volume à distiller à ses chaudières.

Les eaux-de-vie qui étaient vendues au petit et moyen négoce sont proposées aussi au grand négoce. Depuis 2020, la distillerie Remy Tourny est certifiée ISO 14001, en lien avec l'environnement. Et Laetitia veut s'engager dans la labellisation RSE (Responsabilité sociétale des Entreprises) : respect de l'humain et toujours de l'environnement. Tendre vers un nouveau modèle de société. À partir de 2022, elle se donne deux ans pour maîtriser l'énergétique. Un autre projet à cinq ans : la construction de chais de stockage de vieillissement. Elle n'en finit pas d'innover.

Petit à petit, elle se recrée un réseau professionnel mais aussi amical. Elle se met à l'équitation, entend parler de la chasse à courre. Elle intègre le Rallye de la Forêt de Chaux et s'achète un cheval. Un autre cavalier chevauche à ses côtés, Yves. Coup de foudre. Victor naîtra quelques années plus tard de cette union. Le couple se met à la moto, une Harley Davidson… of course !

Tant sur le plan personnel que professionnel, cette deuxième vie à Cognac n'est que du bonheur.

D'emblée, elle précise : « J'aime trois choses : la distillation, la viticulture, le négoce ».

Durant toute la campagne de distillation, d'octobre au 31 mars de l'année suivante, date légale à laquelle toutes les chaudières doivent s'éteindre, c'est à 8 h 15 chaque matin qu'elle met son nez sur les têtes de bonne chauffe, quand elle arrive de sa maison de Boutiers. Il est important de définir, sentir le début du cœur de cette bonne chauffe, pour ne garder que le meilleur. Elle aime déguster les eaux-de-vie nouvelles, qui dès qu'elles sortent de l'alambic ne demandent plus qu'à vieillir, en fûts de chêne. Elle se fait accompagner par l'œnologue d'un laboratoire local pour déguster les distillats, produit final de cette double distillation. Dans sa distillerie, un homme et un complice précieux est auprès d'elle depuis ses premiers pas dans ces lieux : Bruno, le chef distillateur. Lui-même aidé tous les ans d'un saisonnier, le temps de la campagne.

Pour aborder la deuxième « chose », il faut se tourner vers les 80 viticulteurs-livreurs, tous crus confondus. Auprès d'eux, Laetitia endosse plusieurs rôles. En plus d'assurer la prestation de distillatrice, elle gère les contrats avec les maisons de cognac, le négoce. En clair, elle administre directement les contrats avec les viticulteurs pour satisfaire ses propres contrats avec le négoce. Elle achète également des eaux-de-vie aux viticulteurs pour stocker

pour son propre compte, mais stocke aussi pour le compte de ces mêmes personnes. Et suivant la demande et nécessité du marché, elle vinifie après vendanges, s'assurant ainsi de la qualité des vins qu'elle va distiller.

De fait, elle propose un service complet à la viticulture, au-delà de sa profession de distillatrice. Les viticulteurs sont à la fois fournisseurs et clients. Elle va même beaucoup plus loin. Elle les aide à la gestion de l'administratif, voire... « fait la banque » ! La réglementation des spiritueux est très lourde, complexe, celle du cognac en particulier. De plus elle évolue souvent. Un vrai casse-tête !

La troisième et dernière pierre angulaire de toute cette activité est le négoce : petit, moyen et grand. Laetitia se construit un réseau solide et diversifié, afin d'assurer une sécurité maximum à ses viticulteurs-livreurs. Eux-mêmes ou les maisons de cognac ne se tournent pas vers la distillerie Remy Tourny, mais vers Laetitia. Elle est leur interlocutrice privilégiée. Elle est au coeur d'un véritable réacteur, où chacun doit continuellement s'adapter aux réglementations et à la demande des marchés. L'équilibre est parfois fragile, mais il tient depuis plus de trois siècles. La volonté est là.

À travers ces négociants et le produit emblématique de ces Charentes, le cognac, qui s'exporte partout sur la planète terre, elle est connectée au monde, même sans voyager.

Par ailleurs, elle est toujours directrice de la publication de la revue Le Paysan Vigneron, magazine que toute la profession s'arrache et lit jusqu'à la dernière ligne, chaque mois.

Tiens, Laetitia veut dire « joie » en latin. Elle porte bien son nom. Et c'est avec une énergie magnifique et un bonheur sans pareil qu'elle dirige son trio d'une main de maître, un vrai chef d'orchestre !

LE COUP DE CŒUR DE LAETITIA

La Charente dans tous ses états, gourmande et touristique !

Mmm, le Millas charentais !

Originaire de Charente et d'Aunis en union des deux Charentes, c'est un flan à base de farine de maïs, proche de la polenta italienne. À l'origine, c'était une bouillie de lait et de millet, d'où le nom de millas. Par la suite, les Charentaises ont progressivement allégé ce flan à la consistance de Far breton, notamment en mêlant de la farine de blé à la farine de maïs. Je vous présente ici la recette de ma grand-mère, qui, et cela ne vous surprendra pas, ajoute... du cognac dans ce délicieux gâteau !

LE MILLAS DE MAMILYNE

Préchauffez le four à 180°. Faites bouillir *30 cl de lait et 10 cl de crème liquide*, puis incorporez *150 g de farine de maïs.* Par ailleurs, mélangez *100 g de farine de blé* et *10 cl d'eau.* Mêlez les deux préparations et ajoutez *125 g de sucre* et *3 œufs* et,... *10 cl de cognac!* Versez le mélange dans un moule à gâteau légèrement beurré, et mettez au four pendant 25 minutes. Dégustez une fois refroidi, avec un verre de cognac, type VSOP.

Ce fleuve Charente qui me fascine : genèse de notre rayonnement international

Le fleuve Charente « fleuve aux eaux tranquilles » que François 1er qualifia de « plus joli ruisseau de mon royaume » est à l'origine de notre développement économique et du succès international de notre « liqueur des Dieux », le cognac... Dès le Moyen Âge, ce fleuve facilement navigable qui se jette dans l'océan Atlantique a donné à notre région une ouverture naturelle sur le monde, favorisant dès le xe siècle le commerce du sel, puis du vin et enfin de l'eau-de-vie de Cognac, appelée au XVIIIe siècle « brandy » par les hollandais et les anglais.

Aujourd'hui, la Charente est devenue une attraction touristique de par la beauté naturelle de ses méandres et de son vignoble mais également par les activités fluviales et sportives qu'elle propose (croisière, aviron, canoé ...) sans oublier bien entendu l'offre touristique proposée par les maisons de négoce et les viticulteurs.

Le fleuve Charente a figé dans nos gènes ce besoin irrépressible de commerce et d'ouverture sur le reste du monde, puisque notre cognac s'exporte aujourd'hui à plus de 97 %...

Laetitia ADOL

MARYLINE ARDOUIN

Courtière en vins et eaux-de-vie

SAISIR SA CHANCE ET TOUJOURS SE RELEVER

Une bonne fée ne s'est pas penchée sur son berceau, mais Maryline Ardouin sait accueillir les belles choses de la vie. Au sortir de sa maison, quand d'un regard elle embrasse sa campagne alentour, elle s'exclame : « Regardez comme c'est beau chez moi » !

Chez elle, c'est juste à côté de Barbezieux en Charente, la ville où elle est née en 1964. Son enfance s'écoule aux Dambais à Péreuil, dans la ferme familiale, située sur les hauteurs de cet enchevêtrement de coteaux et vallons des Fins Bois. Une propriété en polyculture : céréales et vignes. Mais aussi de l'élevage : poules, lapins, cochons, vaches. Elle aime particulièrement le gros bétail. Elle est très attachée à son grand-père paternel qui était éleveur. « Il avait le sens de l'animal », dit-elle. Une campagne à la vie rude, où la richesse n'est pas de mise. Un lieu loin de Cognac, loin de toute vie en dehors de la ferme, où il n'est pas facile d'avoir quelques activités extra scolaires ou autres. Le père impose toutefois de jouer d'un instrument. Il fait autoritairement le choix de la clarinette pour ses deux filles et trompette pour le fils. Maryline est l'aînée. Elle intègre le cercle philarmonique de Blanzac. Et confie : « l'adolescence en milieu rural est un peu compliquée et cette musique fut ma première ouverture ».

Dyslexique, elle peine dans ses études mais s'accroche. Après un bac professionnel, en spécialité élevage, en 1986, elle passe avec succès un BTA (Brevet de technicien agricole) à l'Oisellerie d'Angoulême. Elle a du mal à se projeter, mais souhaite toutefois s'installer sur l'exploitation familiale avec l'idée d'y créer une ferme auberge. Mais le père, suivant les traditions rurales et ancestrales, donne la préférence au fils qui veut rejoindre la propriété. Il n'a aucune envie d'emprunter pour l'installation de sa fille. Maryline confie : « Mon père considérait qu'une femme devait être prise en charge par son mari ». Alors en 1987, elle prend un poste de vacataire laitier à la Chambre d'agriculture. Poste à mi-temps. L'autre mi-temps, elle seconde son père quant à la gestion administrative de l'exploitation familiale. Elle s'occupe également des bêtes et va dans les vignes, le temps des travaux de saison. Son père ne la rémunère pas ; elle est déclarée comme aide familiale.

Une petite lumière va arriver d'un grand oncle qui a monté une SICA (Société d'intérêt collectif agricole) avec des voisins. Il a des vignes, un alambic et des chais de stockage. Elle s'enivre des odeurs de ces lieux et se passionne pour les instruments de mesure des eaux-de-vie. Ce grand oncle l'impressionnait. Elle souligne : « Il était toujours bien habillé et expliquait tout ce qu'il faisait ». C'est le premier contact de Maryline avec le monde du cognac. Un deuxième va se présenter très vite quand, en 1989, son père vend un lot d'eaux-de-vie à un courtier. Celui-ci cherche quelqu'un pour tenir les comptes administratifs du courtage et de son exploitation. Elle se positionne et très vite se passionne pour son travail. En plus d'un salaire il lui promet des primes si elle lui apporte des échantillons. Elle contacte les viticulteurs alentour et cercle après cercle, agrandit son réseau.

Ainsi naît sa vocation de courtière. Maryline a enfin un projet personnel.

Son père Jean-Claude n'a en rien aidé ses vies d'enfant, d'adolescente ou de jeune femme. Il n'y avait de place que pour le fils. En raison de ses difficultés, sa dyslexie, elle n'ose pas l'affronter. Le courtage va la sauver, lui apporter cette indépendance dont elle a besoin. Dans les années 1990, quand elle rend visite aux viticulteurs et aux négociants avec le courtier, l'accueil et le regard de ces hommes n'est pas très chaleureux pour la femme qu'elle est. Le courtier étant très occupé par ailleurs, elle effectue très vite ces visites seule. Elle préfère : elle est la seule interlocutrice. Passionnée par ce métier, elle prend de l'assurance et tout se passe bien. Fin 1992, la crise du cognac pointe son nez, les eaux-de-vie se vendent moins bien. Le courtier ne peut plus la rémunérer et la licencie. Habitant toujours sur l'exploitation familiale, elle y travaille à nouveau, pour aider son père gravement accidenté dans une cuve. Toujours non rémunérée, elle se tourne vers des petits boulots alentour : occasionnels dans des serres, ramassage de noix et travaux des vignes. Elle se marie en 1994 avec un viticulteur du coin et un an plus tard naît une petite fille, Jany, qui est trisomique. Elle demande tant d'attention. Deux autres enfants naîtront de cette union, Gaétan et Alix. Union qui n'est pas vraiment celle du bonheur. Ce mari ne l'associe à aucun de ses projets viticoles. En 1995, elle suit une formation de dégustation à l'Oreco (Organisation économique du cognac), une obligation pour être courtière. Mais le handicap de sa fille Jany ne lui permet pas de s'installer aussitôt.

Par chance, en 1997, un ami travaillant dans une maison de spiritueux lui propose de prendre la position de courtière. Il attend d'elle d'être approvisionné en cognacs bio et cela va devenir sa spécialité. La même année, elle prend sa carte officielle de courtière en vins et eaux-de-vie. Elle est la seule femme dans cette profession à ne pas hériter d'une clientèle familiale. Les portes ne s'ouvrent pas facilement. Tout est à construire. Elle n'ose pas faire sa promotion et elle a du mal à trouver sa place parmi les courtiers de la région. Petit à petit, elle s'impose par le bouche à oreille et le fait qu'elle soit spécialisée en bio lui ouvre une autre porte en 2006. Elle commence à travailler pour un négociant de Chevanceaux, lui aussi en recherche de cognacs bio. Cela lui apporte un réseau supplémentaire, une stabilité de clientèle et davantage de reconnaissance auprès de ses contacts. Elle trouve le bon équilibre dans ses vies, professionnelle et familiale.

Cela lui laisse peu de temps pour les hobbies. En 2002, elle profite néanmoins de fonds venus de l'Europe, de France et de la région, pour ouvrir un premier gîte rural. Un bon moyen de conserver le patrimoine bâti. En 2012, elle divorce du père de ses enfants. La même année, arrive enfin dans sa vie l'homme qu'elle attendait. Antoine, son nouveau compagnon, bien qu'ayant sa propre activité, l'accompagne et la soutient dans tous ses projets. En 2022, un deuxième gîte avec un beau four à pain est en cours de restauration. Elle aime faire du pain et jardiner. Ces gîtes apportent un autre souffle de vie sur cette propriété de Péreuil.

Maryline aime les rencontres, recevoir et parler du… cognac !

En 2011, elle se lance dans un deuxième niveau de dégustation, avec le Syndicat des courtiers. Toujours à l'Oreco. C'est un métier qui nécessite une connaissance très pointue des eaux-de-vie. Au nez comme en bouche, il faut savoir déceler non seulement les qualités, mais aussi les défauts. Maryline se montre très compétente et

trouve mieux sa place parmi ses pairs. Il lui est même proposé de devenir la première femme courtière assermentée. C'était lui offrir une reconnaissance officielle de son talent. En plus de sa fonction habituelle, cela l'aurait amenée à devenir expert auprès des tribunaux, en France mais aussi à l'étranger. Malheureusement, ses enfants et particulièrement Jany ne lui laissent pas assez de temps pour pouvoir accepter une telle promotion.

En 2014, après le décès de son frère, elle reprend le vignoble familial, passé de onze à quinze hectares. Le courtage reste sa priorité. La charge est lourde mais quelque part tout est en lien. Dans les vignes, elle effectue tous les travaux de saison, aidée par deux salariés à mi-temps. Elle doit aussi assumer la gestion administrative de la propriété.

Son travail de chaque jour en tant que courtière est de prélever des échantillons chez des viticulteurs pour les porter chez des négociants. La demande peut venir soit des uns, soit des autres. La qualité de l'eau-de-vie est importante mais son prix doit aussi être en phase avec la loi du marché. Le bon rapport qualité/prix est à étudier sérieusement. La décision finale en revient toujours au négociant. Il connaît ses produits, ses clients, ses marchés. Maryline acquiert une fine connaissance du milieu qui se situe sur deux niveaux : le produit et l'humain. « J'aime particulièrement cette part de mon métier », souligne-t-elle. Elle accompagne également les petits viticulteurs dans le respect du cahier des charges du produit, vin ou cognac, et veille à la bonne application des réglementations. Elle s'engage tellement qu'elle se dit « l'assistante sociale des viticulteurs ».

Le marché est conclu quand les deux partis sont d'accord sur la qualité du produit, le volume, le degré et le prix. C'est un acte commercial. Au moment de l'enlèvement, Maryline doit être présente pour un ultime contrôle de ces données. Elle engage sa responsabilité, tant vis-à-vis du viticulteur que du négociant. Elle est rémunérée à la commission. C'est un métier qui demande beaucoup de rigueur, de sérieux. Et le relationnel y a une grande part, la confiance est essentielle.

Ce métier lui a permis de s'élever par rapport à sa première vie « paysanne ». Elle a acquis une autre dimension, a trouvé sa place.

Maryline est contente de son parcours et conclut avec un beau sourire désarmant : «J'ai eu beaucoup de chance» !

LE COUP DE CŒUR DE MARYLINE

Balades et création cocktails : le bonheur en partage !

« Les paysages de la Charente sont comme le cognac. Ils sont aussi variés et riches en diversité que l'eau-de-vie en arômes, ce qui offre une multitude de richesses. Ma région du sud-Charente en est le parfait exemple et j'aime la faire découvrir aux touristes que j'accueille depuis vingt ans dans notre gîte. À chaque fois nos vacanciers sont stupéfaits par la beauté de nos paysages vallonnés : vignes, céréales, bois et rivières. Ils apprécient le calme de la nature, les balades sur nos chemins qui serpentent entre les parcelles de vignes. À la fin de chaque séjour, nous organisons une soirée découverte pineau et cognac, c'est un moment de partage, d'échange sur notre produit. Chaque année, Antoine et moi élaborons un nouveau cocktail. Celui de 2021 a eu beaucoup de succès.

LE 2021 DE MARYLINE ET ANTOINE

Dans un verre à cocktail, versez *2 cl de cognac VSOP, 1 cl de Cointreau, 1 cl de citron Pulco, 4 cl de jus d'ananas* et *3 cl de jus de cranberry.* Ajoutez *quelques gouttes d'Angostura.* Servir sur glace, accompagné d'une tartine de mon pain et pâté maison. Mmm !

Les plus curieux se voient proposer une dégustation de vieux cognacs que j'ai eu la chance de commercialiser ».

Maryline ARDOUIN

HÉLÈNE AUDOUIN LASSOUDIÈRE – Gérante

DE LA CHIMIE AU COGNAC, IL N'Y A QU'UN PAS...

À priori, rien ne la prédestinait à finir dans une barrique de cognac. Elle n'est même pas née en Charente. C'est à Civray, dans la Vienne, qu'Hélène Audouin Lassoudière ouvre les yeux en 1982.

Une enfance sportive et artistique sur les lieux de sa naissance : basket, arts plastiques, théâtre. Des parents enseignants, chacun avec des origines agricoles. La terre n'est pas loin. Après un bac scientifique, option sciences physiques, en 2000, elle s'inscrit à l'IUT (Institut Universitaire Technique) de Chimie à Poitiers. « Je suis passionnée par les sciences, les expériences » dit-elle. Elle poursuit donc par la préparation d'un diplôme d'ingénieur chimiste, option traitement des eaux. Comme beaucoup de personnes de sa génération, elle est sensible à l'environnement. Elle passe son diplôme avec succès en 2005.

La petite musique des Charentes va venir de son mari, Aurélien, qu'elle a connu dès la terminale. Hélène va se piquer le doigt, mais elle ne le sait pas encore. Pour parfaire son anglais, le jeune couple décide de partir en Écosse, à Glasgow. Le temps d'être plus à l'aise dans la langue de Shakespeare, ils font des petits boulots durant trois mois. Puis, tous les deux trouvent un travail à la mesure de leurs compétences. Hélène rejoint une très grosse compagnie où elle est employée comme ingénieur-junior, dans le traitement des eaux. Ils restent deux ans, deux belles années. Ils aiment le pays, les Écossais, mais ne voient pas comment construire ici un avenir. Et puis surtout, que d'eau, que d'eau ! Mais pas seulement, que de whisky, aussi !!

Retour en France en 2008. Et là, que faire ? Au vu de leurs compétences professionnelles, seule une grande agglomération peut les accueillir. Mais cette vie ne les tente pas. C'est à ce moment que la Charente va les rattraper.

Le père d'Aurélien, Jean-Luc, a une exploitation agro-viticole : 30 hectares de vignes et 200 hectares de céréales sur les terres de Fins Bois, au lieu-dit Villeret, près de Saint-Fraigne. La quasi-totalité des eaux-de-vie est vendue au négoce mais un stock de vieux cognacs dort dans un des chais. Hélène et Aurélien font une proposition à Jean-Luc. Sur l'exploitation il y a déjà des salariés en nombre suffisant, alors pas de place pour le couple. Décision est prise que ce soit elle qui intègre le secteur agro-viticole. En 2009, elle se lance dans un BTS viti-oeno à l'Oisellerie d'Angoulême. Vu son cursus universitaire, elle n'a besoin de suivre que la partie purement technique.

En 2010, elle arrive sur l'exploitation aux côtés de son beau-père. Aurélien, de son côté, développe un projet de panneaux photovoltaïques, qui va très vite devenir une belle PME. Les deux entreprises sont concentrées sur le site de Villeret.

Hélène est enfin charentaise et tout est à découvrir et apprendre de ce monde viticole.

Pour bien appréhender le produit final, le cognac, il faut commencer... par le commencement : la production. Les premières années sont donc consacrées à la découverte des travaux de la vigne, au rythme des saisons. Une grande confiance s'établit rapidement et naturellement avec son beau-père. « Il est très ouvert à toutes mes propositions » souligne-t-elle. Très vite, elle aime cette vigne, mais veut aussi comprendre tout le cycle. Elle accompagne un salarié dans le travail de chai : vinification d'après vendanges, distillation, vieillissement. Elle se fait aussi former par le gérant et l'œnologue d'un grand laboratoire cognaçais. Enfin, elle va créer ses premiers assemblages dont la mise en bouteilles se fera en 2014. Hélène continue de se former, au sein du Comité du pineau et de l'Oreco (Organisation Économique du Cognac). Parallèlement, elle suit une autre formation à l'Institut des Sciences de la Vigne et du Vin à Villenave-d'Ornon. Tout est mené de front. Ce qui l'intéresse de plus en plus, c'est la transformation du raisin en eau-de-vie. « J'aime la technique, toucher le produit » précise-t-elle. De chimiste, elle va se faire alchimiste. Ces cognacs qu'elle crée, il faut les vendre et, personne passionnée, déterminée, mais plutôt discrète, elle embauche un commercial pour développer des marchés à l'export : essentiellement l'Europe mais aussi quelques « one-shot » au Japon, en Russie ou en Chine.

En 2015, une salle de réception et dégustation est installée dans la distillerie. Une ancienne grange joliment restaurée, avec une très belle charpente. On peut aussi y trouver Aurélien, recevant un client ou discutant avec un de ses collaborateurs. Le bâtiment est plusieurs fois agrandi pour accueillir de nombreux bureaux. Tous les espaces sont mêlés, ceux d'Hélène et ceux de son mari. Les trois chais sont répartis sur le

site de Villeret. D'ici l'été 2022, il est prévu d'ajouter une seconde chaudière et de modifier totalement la salle d'accueil de la clientèle. Une jeune femme, écossaise, est dédiée à cette activité.

Quant à la marque Pierre Lecat, elle vient du beau-père de Jean-Luc. Il était horloger bijoutier et a beaucoup aidé au financement du vignoble. Alors en souvenir, en hommage, les cognacs d'Hélène portent son nom.

Elle essaie malgré tout de se garder du temps pour ses deux enfants, Louis et Margaux. Être auprès d'eux, les écouter, les accompagner à leurs activités, sportives ou autres. Et pour rester en forme, avec une amie, elle pratique le cardio et la musculation. Elle aime aussi le jardinage et la lecture. Quelques moments de répit, qui permettent de mieux faire face à de lourdes journées, aux responsabilités multiples.

Afin d'opérer une coupure, le couple a choisi d'habiter à quatre kilomètres du site d'exploitation des deux entreprises. Hélène ne va plus dans les vignes que le temps des relevages. Mais elle supervise l'ensemble des travaux. Le vignoble a reçu la certification HVE (Haute Valeur Environnementale). Et une partie, celle consacrée aux vins, rouge et blanc, est cultivée en bio. Un chai est dédié à ces produits. Ils viennent compléter la gamme cognac et pineau, ainsi que du jus de raisin.

Hélène est gérante de la SCEA Champ du Frêne, qui regroupe la partie agricole et la partie commerciale. La gestion administrative n'est pas ce qu'elle préfère mais indispensable au bon fonctionnement des deux entités. Elle s'occupe seule de la distillerie, quasi jour et nuit, de la mi-novembre à la mi-mars. Elle envisage d'embaucher une personne supplémentaire lors de la prochaine campagne, septembre 2022, pour la seconder à la fois dans les vignes, en tant que chef de culture, mais aussi dans la distillerie.

Elle se consacre aussi à l'achat des fûts, un parc d'environ 40 % de neufs pour le vieillissement de ses propres eaux-de-vie ; 20 % pour les eaux-de-vie qu'elle vend au négoce. Puis elle effectue une rotation en vieux fûts

au bout d'un an à un an et demi, suivant l'évolution. Ne reste plus qu'à s'armer de patience tout en surveillant constamment l'état de vieillissement des cognacs, pour les mettre en bouteilles au bon moment.

En 2012, une agence de design a été contactée pour créer l'ensemble des habillages : étiquettes, flacons et coffrets. Hélène aime les rondeurs pour les bouteilles ou les carafes. Un visuel très doux, une prise en main agréable. La couleur bleue a été choisie et dans le décor on retrouve la patte de Pierre Lecat : le côté bijou, le cadran d'une montre. Beaucoup d'élégance dans cette apparente simplicité. Aurélien aime donner son avis, apporter un autre regard.

Pour la communication, un site internet vitrine a été créé et Hélène est très active sur les réseaux sociaux : Instagram, Facebook. Un commercial et des agents sont dédiés au développement des marchés France et export. Elle dirige les équipes viticoles et commerciales. Mais n'aime rien tant qu'être en tête-à-tête avec ses eaux-de-vie. Les chais sont ses terrains de jeux favoris, où la scientifique tente des expériences, affine ses assemblages.

À la quarantaine, elle aimerait profiter de toutes les transformations opérées ces dix dernières années, « planer » en vitesse de croisière. Mais au fond d'elle, elle sait très bien qu'il faut constamment s'adapter, se renouveler pour avancer. Elle s'y prépare avec son doux sourire, derrière lequel se cache une solidité à toute épreuve.

De la Vienne à la Charente, entre Hélène et le cognac, s'est créée une véritable alchimie.

LE COUP DE CŒUR D'HÉLÈNE

Balade autour d'un accord et d'un lieu historique !

« J'ai découvert il y a peu un accord qui m'a vraiment séduite. Je vous propose de la truite de la pisciculture des moulins à Gensac-La-Pallue, façon gravlax et agrémentée de citron Yuzu.

Elle peut être accompagnée de notre VSOP Expérience, température 4°C. Les arômes fruités et vifs de notre assemblage feront délicatement ressortir les saveurs délicates et iodées de la truite »

«Étant éloignée du cœur de Cognac, j'aime particulièrement me promener dans ce si charmant village historique et protégé du Nord-Charente : Tusson, qui possède un patrimoine architectural riche, et abrite plusieurs artisans d'art (sculpteurs, potiers), mais aussi des producteurs gastronomiques».

Hélène AUDOUIN LASSOUDIÈRE

MARINE BABINOT – Viticultrice et gérante

AU BON ENDROIT AU BON MOMENT

« Ah, je ris de me voir si belle en ce miroir », célèbre air de Marguerite dans l'opéra Faust de Gounod. À l'adolescence, c'est le mantra de Marine Babinot. Quand on évoque cette époque et la possibilité de rester sur les terres de son enfance, elle rit. « J'étais très coquette et, au fond, pas bien consciente de ce que cela représentait ». Elle n'aimait rien tant que les bijoux, les beaux atours. Mais la Charente va tisser doucement sa toile.

Elle ouvre les yeux à Saintes en 1992. Depuis plusieurs générations, toute la famille est d'origine agro-viticole. Marine n'a pas de passion particulière, mais la littérature se prête mieux à sa coquetterie. Elle se présente à un bac littéraire et poursuit par une licence de droit à Poitiers, qu'elle obtient avec succès en 2013. Intéressée par l'enseignement, elle passe un master de professeur des écoles. Elle part en Irlande en 2015 pour enseigner l'anglais à des enfants d'une école primaire privée, dans le cadre de l'Alliance française. Puis revient à Poitiers pour préparer un master FLE (Français langues étrangères), au cours duquel elle intègre le Centre Audiovisuel de Royan pour l'Étude des Langues. Là, elle enseigne à des adultes. Son diplôme en poche, en 2017, elle décide de revenir à Poitiers pour s'inscrire à un Master de l'IAE (Institut d'Administration des Entreprises), préparant à la gestion d'une structure. Pendant ce temps, ses parents se font à l'idée qu'elle ne reviendra pas. Mais, il lui faut valider ce dernier master par un stage. La voilà à Bergerac, à l'IVBD (Interprofession des Vins de Bergerac et de Duras). Diplôme passé avec succès, elle trouve un emploi en CDI à Aix-en-Provence, dans une structure viticole, où elle s'occupe d'oenotourisme, de prospection et d'organisation de salons. Elle adore cette région, ce métier, mais Marine a envie d'un projet personnel. Alors elle se dit : « Pourquoi le réaliser chez les autres alors que j'ai quelque chose en Charente ? » Et du vin au cognac, il n'y a qu'un pas qu'elle va franchir. Elle annonce à son père : « Je rentre ». Francis est dubitatif. 2018 la voit pourtant revenir en Charente.

Elle se lance doucettement. Il lui faut retrouver quelques repères. Elle travaille à la boutique d'une grande maison de cognac, où elle doit mettre les produits en valeur et les vendre. Cela, elle sait faire, mais quid de la technique ? À la rentrée de septembre 2018, elle s'inscrit à un BTS viti-oeno à l'IREO de Richemont (Institut Rural d'Éducation et d'Orientation). Vu son parcours universitaire, nul besoin de

suivre les cours de culture générale, seulement tout ce qui est lié à l'œnologie et la viticulture. Cela lui laisse du temps, la première année, pour travailler chez un viticulteur bio, voire en biodynamie, près de la côte océane. La deuxième année, la voilà à Gâte-Chien à Cognac, au cœur des Borderies, sur le domaine familial.

Les bottes aux pieds, dépouillée de ses atours, sans fard, Marine rayonne.

Elle est fille unique et son oncle a deux filles. Alors Francis, le père de Marine et son frère se lamentent un peu. « Pour les vignes, c'est fichu », pensent-ils. Que nenni ! Des trois cousines, deux sont viticultrices et une apicultrice. Toutes, les bottes aux pieds. Cette famille est très soudée et Marine se coule avec bonheur dans cet environnement familial et régional. De plus, elle sent monter une très forte féminisation de ces métiers de la vigne et du cognac. Pour preuve, déjà lors de son BTS viti-oeno, elle constate que 50 % des étudiants sont des filles. Cela lui donne des ailes pour s'investir totalement dans ce métier. Elle se sent parfaitement à sa place. Quelque temps après être revenue sur la ferme viticole et alors qu'elle travaille dans les vignes avec son père, elle l'entend dire : « Jamais je n'aurais pensé qu'un jour nous taillerions côte à côte ». Belle complicité. Beaucoup d'amour.

Marine s'éclate dans toutes ses activités, de la vigne au produit final, le cognac. La solitude ne lui pèse pas quand elle travaille dehors, à pied ou sur son tracteur, quel que soit le temps. La belle nature tout autour l'enchante et la remplit de riches sensations. Elle est libre. Elle aime écouter de la musique, classique ou rock. Cela rythme agréablement ses journées. Cette vie est dure parfois, mais pour elle qui est très sportive – skate, vélo, équitation, marche – ce métier lui correspond bien.

Alors qu'elle est là sur son tracteur, écoutant une sonate de Mozart, elle pense à son projet, créer sa marque. Dès qu'elle est arrivée en 2018, elle a mis quelques barriques de côté. De ces belles eaux-de-vie familiales des Borderies. Elle a fait part à son père de son projet. Il était un peu sceptique : « As-tu pensé à la charge de travail et aux moyens financiers que cela nécessite ? » Bien entendu, mais elle reste fermement sur sa position. Elle conçoit difficilement de s'occuper chaque jour de ses eaux-de-vie, de la vigne à la barrique, pour au final les voir partir au négoce. C'est frustrant. Elle veut aller au bout du processus. Pas de compagnon, pas d'enfant. « C'est mon bébé » dit-t-elle avec force, les yeux brillants de ce projet qui prend forme. Les coupes sont prêtes, une gamme complète est envisagée. Des contacts ont été pris avec un designer, des fournisseurs de matières sèches. Le nom de la marque est défini,... chuut ! Tout semble dans les starting-blocks pour démarrer en 2023. Toutefois, Marine ne veut pas se précipiter : « les eaux-de-vie décideront ». Suivant l'adage, « il faut laisser du temps au temps ».

Elle a tout compris. Si elle est enthousiaste, elle est sage aussi. Une vraie Charentaise.

Pour l'instant, Marine a choisi de vivre à Cognac, en ville. Être proche de ses amis est important, plus facile aussi pour pratiquer ses sports favoris. Et puis sa vigne n'est qu'à quelques minutes en voiture. Plus tard, pourquoi ne pas rejoindre le fief familial, dans cette rue Gâte-Chien ? Là aussi, Marine n'est pas pressée.

Les saisons décident de ses journées. Le temps des travaux dans les vignes, de janvier à juillet, celui des vendanges, septembre-octobre. À suivre, les vinifications, puis la distillation. Le vieillissement,

lui, nécessite un regard et une attention de chaque jour. Particulièrement ses barriques, qu'elle a mises de côté pour son projet personnel. De ses journées bien remplies, elle fait remarquer : « La partie mécanique n'est pas ma préférée ». Le vignoble, conduit de façon classique, est en train de tendre vers le classement Haute Valeur Environnementale (HVE). Marine est très sensible aux valeurs du moment. Prendre soin de sa terre, c'est aussi prendre soin de soi et des autres. Son père envisage de prendre sa retraite en 2025, mais elle sait qu'il sera toujours là en cas de nécessité.

Ses moments préférés sont ceux qu'elle consacre au temps de la vinification et de la distillation. Pour elle, distiller, c'est magique. L'eau-de-vie apparaît enfin. Elle est là, transparente et brillante comme du cristal, déjà très parfumée, prometteuse. Le tout début d'une grande aventure qui va prendre des années.

Elle trouve malgré tout le temps de pratiquer ses sports favoris, mais aussi de s'investir dans les instances de la région. Elle occupe le poste d'administratrice de la coopérative de l'Union Agricole Segonzac-Chérac, structure spécialisée dans le matériel agricole et les produits phytosanitaires. De nombreuses rencontres, en interne et avec d'autres viticulteurs et agriculteurs, permettent d'orienter la gestion des territoires sur le plan agro-viticole.

Elle est également élue au bureau des livreurs d'une grande maison de cognac. Cette entité permet de créer du lien entre la viticulture et le négoce. Améliorer la fluidité des informations pour garder ouverte la porte au dialogue.

Et Marine s'active à suivre son projet de création de marque. Elle réfléchit déjà beaucoup à la communication. Elle veut que cela reste confidentiel, à l'image de son exploitation : familiale, artisanale, authentique. « Je veux garder l'esprit de cette famille », précise-t-elle. Et il faut penser à la gestion administrative et aux structures juridiques. Pour la partie viticole, une EARL a été créée avec son père en avril 2022, pour laquelle ils sont cogérants. À suivre, elle envisage une SARL pour la partie commerciale dont elle sera seule gérante.

Marine est bien une femme de son temps, totalement dans la dynamique d'une région, dont elle a choisi de devenir une de ses jolies ambassadrices !

LE COUP DE CŒUR DE MARINE

Expériences gourmandes autour du cognac !

« Vivant encore en région PACA, à Aix Provence, mais revenant en Charente le temps des vacances, c'est notamment avec l'ouverture du bar Luciole, en 2017, que j'ai pris conscience que le cognac m'appelait. Le bar est installé dans un endroit magique et chargé d'histoire : à Cognac, sur les bords de la Charente, face à la porte Saint-Jacques et au château qui a vu naître le roi Francois Ier. Pour ne rien gâcher, l'intérieur de cet ancien garage est décoré avec beaucoup de goût. Tout est là pour sublimer la vaste vitrine de cognacs qui est proposée. C'est là-bas que j'ai réalisé mon premier accord cognac-fromage : un XO accompagné d'un Roquefort. Incroyable ! Évidemment, l'accord fonctionne avec tous les fromages, il suffit simplement d'accorder le bon cognac avec le bon fromage. Depuis, je ne cesse de reproduire cette première expérience et d'explorer les multiples possibilités qu'offrent nos eaux-de-vie ».

Marine BABINOT

Le Cognac
Accords Fromages et Cognacs 25€
Brie de Meaux & Château de Montifaud L20
Fromage au lait cru de vache aux arômes de noisettes et
de crème associé à un cognac léger et gourmand
Tomme de brebis Truffée & Merlet XO
Fromage aux notes gourmandes de truffes en accord
avec l'opulence de d'un Cognac XO
Mimolette & Painturaud Hors D'age

THÉRÈSE BERTRAND – Responsable Commerciale

TROIS PETITS TOURS ET PUIS REVIENT !

Native de Charente-Maritime, elle voulait danser la salsa. Elle la dansera, ici ou là, au gré de ses voyages, mais reviendra au Domaine des Brissons de Laage, à Réaux-sur-Trèfle, à l'âge de raison.

Thérèse Bertrand naît en 1979 à Réaux, en Charente-Maritime, d'un père charentais, héritier d'une longue lignée sur ces terres de Petite Champagne et d'une mère espagnole. Une jolie vendangeuse arrivée à la propriété un petit matin d'octobre, qui ressent très vite les froids de l'hiver charentais. Son pays et son soleil lui manquent. Il s'ensuit pour la famille plusieurs allers-retours avec l'Espagne. Thérèse y passe sa petite enfance, dans l'exploitation agricole familiale d'avocats et de mangues. L'été, tout le monde revient à Réaux pour aider les grands-parents à la vente des cognacs maison.

Le grand-père de Thérèse décède en 1990. Dès lors, Simone son épouse, femme de caractère, gère seule cette exploitation. La famille espagnole revient en Charente pour soutenir cette grand-mère et Thérèse y poursuit trois années de collège à Jonzac. Retour en Espagne en 1994, où elle intègre une école anglaise. Le bac en poche en 1997 elle n'a qu'une envie : voyager. Elle part faire des études universitaires à Bristol. En 2001 elle passe avec succès un « Bachelor of arts », licence en quatre ans, consistant en des études de langues, économie et droit européen. Du sang espagnol coule dans ses veines, elle adore faire la fête le soir, danser, chanter. Pour financer ses sorties, les week-ends sont consacrés à différents jobs. Entourée de Pakistanais elle emballe de la viande dans une usine, gagne plutôt bien sa vie. Puis elle travaille dans une cafétéria. Ce parcours se termine dans une banque, à l'accueil de la clientèle. Toujours à Bristol, elle passe un diplôme spécifique d'anglais pour enseigner cette langue dans des écoles américaines.

En 2002, son père lui propose de l'accompagner à San José au Costa Rica. Elle dit : « D'accord, mais moi c'est pour y rester ». Elle intègre une première école pour y enseigner l'anglais. Expérience difficile, les enfants sont des délinquants. Elle arrive toutefois à les intéresser un peu en se servant de la musique comme support. Six mois auront raison de sa bonne volonté. Une école américaine lui propose alors un poste de suppléante où, en plus de l'anglais, elle enseigne l'art et la musique à des tous petits. Et là, en 2004, coup de foudre. Il est américain, s'appelle Thomas Joseph Hall, dit « Seph ».

Dans le même établissement que Thérèse, il enseigne la physique aux collégiens et lycéens.

Son contrat terminé, la jeune femme retourne en Europe, pour « retrouver une vie plus civilisée ». En 2005, elle rejoint ses parents en Espagne, à Marbella, dans la province de Malaga. Elle retrouve définitivement Seph à Madrid en 2006. C'est à Jonzac qu'ils se marient, en 2009. La lune de miel, c'est au Brésil, là où l'on sait faire la fête. Et puis ... ? « Nous avions juste envie de nous poser, d'avoir notre propre business, de faire quelque chose ensemble », confie-t-elle.

Cela tombe bien : Samuel Bertrand, le frère de Thérèse a rejoint le domaine familial en 2007, ce qui a permis de le sauver. Il veut bien continuer à se charger des 100 hectares de vignes et de la distillation, mais ne veut plus poursuivre la vente des produits maison.

La voie est ouverte pour Thérèse qui revient sur les terres de son enfance. Elle a 30 ans.

Les débuts sont difficiles. Grand-mère Simone est là, bien présente. Cette femme a dû poursuivre seule l'œuvre viticole familial au décès de son mari, entourée d'hommes. Dans les années 1990, une femme n'était pas prise au sérieux. Il lui fallut bien du courage pour relever ce défi. Thérèse se lance avec cœur à l'ouvrage mais essaie de se garder les week-ends pour un peu de détente et aller danser. Simone l'arrête tout de suite dans son élan : « Ici, à la campagne, on travaille du lundi au dimanche » !

En Charente, Thérèse ne connaît quasiment plus personne. Même si elle ressent que son destin était de revenir ici, elle doit retrouver son pays, sa région, réapprendre sa propre culture. Quand elle se rend à des réunions professionnelles, ou en balade alentour, elle entend : « Ah, vous êtes la petite fille Bertrand ». Elle a un nom. Elle doit maintenant se faire un prénom. Tout en poursuivant l'aventure familiale, elle veut créer quelque chose de personnel. Elle fait le tour des deux propriétés, le Domaine des Brissons et le Domaine de Laage, sur lequel est conservé le vestige d'un moulin datant de 1731. Thérèse appartient à une famille de meuniers et de viticulteurs. Elle ouvre les portes des chais. De vieilles eaux-de-vie dorment là et ne demandent qu'à être valorisées. Elle est consciente de ce magnifique outil. Mais tout est à faire revivre. En commençant par redonner ses lettres de noblesse à la marque, avec un packaging adéquat. Le bâti est en très bon état, grand-mère Simone y a veillé et a déjà fait de nombreux travaux. Il y a notamment une grande et belle salle d'accueil pour la clientèle, qui, en d'autres temps, était le réfectoire des vendangeurs. Une seconde rénovation intervient en 2020.

Thérèse et Seph s'attellent à la tâche, avec le sentiment qu'il faut « respecter le produit, le terroir, l'héritage que l'on reçoit ».

Si Thérèse a besoin de retrouver son identité française, ou plutôt... charentaise, Seph s'adapte très vite, très bien. Dans un premier temps, son domaine est la distillation dont il acquiert le savoir auprès de Samuel. Petit à petit, c'est lui, le maître de chai. Il aime cuisiner, il est le palais de la maison. Un homme précieux.

Parallèlement à une formation de dégustation à l'Université des eaux-de-vie de Segonzac et son travail journalier, Thérèse se tourne vers la musique. « C'est mon jardin secret ». Elle aime écrire des textes, composer, chanter. Déjà au Costa Rica elle avait créé un groupe de musique pop, « 506 », qui se produisait en concerts. Un CD avait même vu le jour. Un nouveau projet est en cours, pour voix, guitare et piano. Chuut !

La photographie fait aussi partie de ses hobbies, elle aime tellement cette campagne des quatre saisons, ses couleurs à toute heure de la journée, mettre en valeur les savoir-faire cognaçais.

Petit à petit, Thérèse se réapproprie cette Charente.

Elle et Seph ont choisi d'habiter une belle longère sur le domaine de Laage, où se trouve le moulin. Propriété de l'arrière arrière-grand-père Alcide, située sur un coteau calcaire. Une vue magnifique s'offre à eux sur leurs terres de Petite Champagne.

Au domaine des Brissons, Thérèse accueille chaque jour la clientèle. « J'aime le contact, la vente, percevoir ce que veut le client », confie-t-elle.

Mais avant il faut choisir les flacons, créer les habillages, les coffrets. Les matières sèches sont gérées par le couple. Si une grande partie des eaux-de-vie est vendue au négoce, ils se gardent quelques trésors qu'ils mettent en bouteilles. Cognac et pineau font partie de la gamme. Thérèse aime mettre son nez sur les assemblages de Seph avant chaque embouteillage. Moment privilégié dans le silence et l'ombre des chais. La référence eau-de-vie est de garder le style maison, celui du grand père Raymond, le mari de Simone. Présidente de la SAS Fief Monté, la société de commercialisation des produits maison, elle doit aussi se pencher sur la gestion administrative.

Avec le temps, Thérèse réussit à s'affranchir de l'autorité bienveillante de sa grand-mère. Il le fallait pour prendre sa propre place et devenir Thérèse Bertrand et non plus être... la petite fille de !

La communication est son domaine : création d'un site internet et de brochures, animer les réseaux sociaux. De fait la clientèle afflue à nouveau au domaine où tout est fait pour recevoir dedans et dehors. En musique, l'été dans les jardins, un verre à la main, on peut déambuler, échanger, partager, s'asseoir à l'ombre d'un bel arbre.

Réaux est à quelques minutes de Jonzac, célèbre ville thermale. De nombreux curistes et touristes aiment à découvrir cet art du cognac.

Thérèse adhère à la Maison de la Vigne et des Saveurs à Archiac, une vitrine de plus pour les produits maison. Si nécessaire, elle livre les caves et restaurants alentour.

Le domaine reçoit aussi des groupes, des clubs de voitures, de vins, de lecture, de photographes, ou autres. L'ensemble de la clientèle est plutôt française, mais aussi européenne, américaine, asiatique. Dans un premier temps, Thérèse et Seph ont choisi de recevoir au domaine. Maman de deux jeunes enfants, elle ne se voit pas les « abandonner » pour parcourir le monde à la recherche de nouveaux marchés. Néanmoins ce temps viendra.

Après bien des tours et des détours, pour Thérèse, Seph et leurs deux enfants, le bonheur est au rendez-vous, au cœur de ce domaine familial des Brissons de Laage.

LE COUP DE CŒUR DE THÉRÈSE

Précieux héritages, gourmand et paysager !

« Comme un trait d'union entre passé et présent, comme un hommage à ceux qui nous ont précédés, comme une promesse que nous leur adressons : le 1731 !

Thomas Hall mon mari et maître de chai a imaginé un cocktail tout en finesse et en subtilité : la fraîcheur de la pomme associée à la saveur épicée du gingembre et d'une note de citron, rehaussée d'une feuille de menthe, pour sublimer la profondeur aromatique de notre cognac VSOP. Accord parfait entre histoire et modernité, savourez le 1731 en bonne compagnie, quand vous en avez envie, certes avec modération, mais toujours avec élégance et plaisir ! »

LE 1731 DE SEPH

Versez *3/4 cl de cognac VSOP* dans un verre à cocktail. Ajoutez *4 fines lamelles de gingembre.* Laissez macérer une quinzaine de minutes. Puis ajoutez quelques glaçons, *1 cl de jus de citron* et *12 cl de jus de pomme.* Remuez à l'aide d'une cuillère et décorez d'*une brindille de menthe* (2 à 4 feuilles).

L'Allée des Pins du Domaine des Brissons de Laage

« Cette allée de pins plantée par mon grand-père Raymond Bertrand dans les années 60 est un endroit magique ! Baignée de lumière quand le soleil décline doucement, les visiteurs étrangers l'appellent « The golden allée at the golden hour ». Élégamment entourée de vignes, elle nous fait voyager par-delà le temps, dans les pas de notre grand-père dont l'héritage est ici plus que palpable...

L'Allée des Pins est comme une balade en Toscane, une poésie célébrant la beauté, un moment de liberté laissant l'esprit s'évader... »

Thérèse BERTRAND

MAUD BUTLER – Viticultrice

UNE PIONNIÈRE DE LA PREMIÈRE HEURE

Ce n'est pas un hasard si Maud Butler a présidé vaillamment de très longues années aux destinées du Domaine familial de L'Ardillier au lieu-dit Garancille à Segonzac, en Charente.

Maud voit le jour à Cognac en 1952 d'un père d'origine anglaise, la famille Butler, et d'une mère aux origines norvégiennes, née Braastad. Deux noms de familles protestantes bien connues de cette région. Six enfants naissent de cette alliance. La famille est copropriétaire d'une société de négoce, la maison Meukow, située rue de Segonzac à Cognac. Il y a de quoi y vivre et y travailler. Le grand-père Butler a beaucoup voyagé pour faire déguster et vendre les cognacs de la maison. À la fin du XIXe siècle et encore plus tard, seuls les hommes étaient en charge de la promotion des produits du négoce. Sa clientèle est essentiellement constituée d'apothicaires à qui il propose des petits flacons de cette fameuse eau-de-vie.

En l'absence des adultes, les chais sont le terrain de jeux des six enfants. Déjà le nez dans le cognac, au ras des barriques, familiers très tôt de l'atmosphère des chais sombres et odorants. En 1968, comme la Belle au Bois Dormant, la société de négoce est mise en sommeil et toute la famille rejoint la propriété familiale à Segonzac, ce qui fait la joie des jeunes ados. Grandes balades à pied dans les vignes ou à cheval participent aux loisirs quotidiens.

Au sortir de ses études, Maud, qui pense devenir infirmière en rejoignant la fameuse école Bagatelle à Bordeaux, envisage d'abord d'aller passer une année aux USA, juste pour changer d'air. La vie en décide autrement. Elle rencontre son futur mari qui travaille pour un laboratoire pharmaceutique à Tours et le couple souhaite très vite s'installer en Charente. Nous sommes en 1972. Maud s'occupe beaucoup de sa famille, son mari et ses trois enfants, tout en parcourant la campagne charentaise pour présenter les livres de l'École des Loisirs. Elle propose ces ouvrages pour enfants aux écoles mais visite aussi les propriétés où elle est souvent reçue en amie. Elle est émerveillée par le magnifique patrimoine charentais, ces bâtisses un peu austères en pierres de taille, et s'en nourrit profondément. Dans toutes les réunions familiales elle partage ses impressions, son ressenti, cet amour naissant des belles pierres. En 1992, après son divorce, son père voit en elle la digne personne pour lui succéder à la tête de la propriété familiale. Il tient lui-même de sa mère ce Domaine de l'Ardillier. Il poursuit donc cette transmission. Le père

de Maud lui en confie la gérance avec l'accord de la quasi-totalité des frères et sœurs. Maud a 40 ans. Elle se lance avec envie et détermination dans ce projet. Mais très vite, la terre l'appelle plus que les tâches administratives. Elle veut faire vivre ce terroir de Grande Champagne, ce patrimoine familial.

Maud est une vraie fille de la campagne. C'est donc les bottes aux pieds qu'elle débute l'année 1993, aux côtés de son père et de quelques salariés travaillant sur le domaine. Elle hume cette terre, l'air qu'elle respire et les bleus si lumineux de ce ciel charentais lui donnent l'énergie pour aller au bout de son chemin. Elle sera viticultrice, c'est dit.

Toutefois, ce chemin n'est pas facile. Quelques obstacles sont à franchir. Maud n'est pas seule : cinq autres frères et sœurs font partie du GFA et de la SARL, tous associés. Et chacun doit légalement en recevoir sa part. Maud doit composer avec cette situation. Avec bravoure et désintéressement. Seules la valeur et l'odeur de sa terre sont ses moteurs de vie. Il faut toutefois faire face à cette situation familiale, lourde financièrement, et cela va prendre des années, jusqu'en 2020 quand arrive sur cette terre la nouvelle génération.

Dans un premier temps, les eaux-de-vie du domaine sont vendues auprès du moyen négoce puis auprès des grandes maisons. Dans les années 1995, le père de Maud l'introduit auprès des instances de ces grandes maisons qui, chaque année, réunissent leurs viticulteurs-apporteurs. Une centaine est réunie et seulement deux ou trois femmes apparaissent dans l'assistance. Là encore, Maud doit composer avec d'autres obstacles. Ces viticulteurs sont si arrogants, regardent ces femmes avec tant de dédain : « Que faites-vous là, votre place n'est pas ici, retournez à vos fourneaux ». Maud ne baisse ni les yeux ni les bras. Avec détermination, elle prend position, face à ces viticulteurs et aux grandes maisons, pour défendre pieds et poings le fruit de ses vignes. Deux syndicats de viticulteurs existent

à l'époque mais Maud ne souhaite pas se lancer en « politique ». Elle n'hésite pas, cependant, à participer à des manifestations pour défendre ses convictions. C'est une femme engagée.

Perpétuellement curieuse, Maud a un désir fou d'apprendre et dès qu'elle sait, elle n'a qu'une idée : en faire profiter les autres, partager. Du moment qu'elle garde les deux pieds sur sa terre.

Son amour des vieilles pierres est resté intact. Le patrimoine de cette région est imprimé dans son corps, quelque chose de charnel la rattache à ce bâti. Dans les années 1990, Maud et six autres amies créent « l'Association des Vieilles Pierres ». Elles sont aujourd'hui une trentaine et tiennent à rester entre femmes, afin de préserver cette intimité toute féminine : marcher, découvrir, s'instruire. Cette association a aussi pour but d'accueillir des jeunes femmes qui viennent s'installer dans la région et les ouvrir aux us et coutumes régionales.

Les années passant, Maud pense aussi à sa transmission. Cela se réalise en 2020 après que la succession est finalisée avec ses frères et soeurs. Le domaine familial est confié en cogérance à l'un de ses fils, Benoît, et l'un de ses neveux, Axel, qui tout comme elle aiment tellement cette terre. Maud continue aujourd'hui à les accompagner si nécessaire. Ainsi qu'elle le dit avec force et conviction : « Cette terre m'a été donnée, je dois la redonner ».

Dès 1993, chaque matin, Maud retrouve sa terre et ses vignes où elle effectue tous les travaux de saison : tirer les bois, attacher, épamprer, relever. Puis vient le temps des vendanges où elle alterne entre les vignes et les chais pour surveiller la vinification. Toujours insatisfaite et avec la volonté de faire toujours mieux, elle souhaite

aller jusqu'au bout du processus, de la vigne au produit final, le cognac. En 1998 elle suit une formation de distillatrice à l'Institut Fougerat. Chaque année, dès les premiers jours de novembre et durant un mois et demi, de jour comme de nuit, elle surveille ses deux chaudières. Il reste toutefois du chemin à parcourir pour faire vieillir le précieux breuvage. Acheter des fûts, avoir dans ses chais le bon pourcentage de fûts neufs, de fûts roux, de vieux fûts. Rien n'est laissé au hasard. C'est sous les conseils avisés de son père qu'elle accomplit ce parcours. Son père l'accompagnera jusque dans les années 2000.

Toutefois, elle ne peut abandonner totalement la gestion administrative de ce domaine, tout est lié pour le garder debout. Maud est responsable d'exploitation et viticultrice. Ressent-elle ce dur labeur ? « Pas du tout, pour moi ce n'est que du plaisir », dit-elle avec gourmandise. C'est sa vie, son devoir aussi.

Elle prend tout autant de plaisir à entretenir le bâti. Belle propriété viticole traditionnelle de Grande Champagne, en cour fermée, composée de la maison de maître, un logis charentais entouré de ses chais, des écuries et autres bâtiments agricoles. Le tout clos par un superbe portail daté 1845. Tout est silence et parfaitement ordonné et entretenu.

Travailleuse de la terre et passionnée de patrimoine, Maud est une femme heureuse.

LE COUP DE CŒUR DE MAUD

Jolie balade et petite gourmandise du soir!

« À pied, à vélo ou en voiture, j'aime m'évader des murs clos de mon village et partir en balade sur le coteau de Fontbelle, pour admirer la vue à 360°: bois, vignes et vallons à perte de vue. Un regard sur le clocher de Segonzac. Je prends la route du Breuil, où la table d'orientation est la halte pour se reposer et apercevoir Cognac. Même Angoulême, par beau temps. Quel panorama! Des sentiments d'évasion et de liberté m'envahissent. Je poursuis ma route et entre dans les bois du « chemin inutile » pour arriver à Morvaux, où la vue sur Saint-Preuil est féerique: le début de la Toscane charentaise! »

MA PETITE RECETTE TONIQUE TOUTE SIMPLE, CELLE DES ANCIENS!

Fatigué, enrhumé, voici comment passer une bonne nuit réparatrice – Dans un bol, mettez *un demi jus de citron,* ajoutez *une cuillère à soupe de miel, du thym,* et... *une bonne cuillère à soupe de cognac VSOP.* Puis remplissez d'eau bouillante. Attendez quelques minutes et dégustez.

Glissez-vous tout de suite au chaud sous la couette et,... Bonne nuit!!

Maud BUTLER

LES SŒURS CONTE : Blandine et Anne-Laure Viticultrices et cogérantes

ELLES PARLENT D'UNE SEULE VOIX

Dès qu'on les voit, on est tout de suite tenté par la question : « Vous êtes jumelles ? Elles se regardent avec un doux sourire complice, avant de répondre non. Quand l'une dit, « je fais ci », l'autre immédiatement rétorque, « moi aussi ». Quand l'autre dit, « je fais ça », on entend, « moi aussi ». Alors, qui fait quoi ?

Natives de Charente, toutes les deux ouvrent les yeux à Barbezieux. Blandine en 1976, Anne-Laure en 1982. Une enfance passée au cœur des vignes, sur ce lieu-dit « Chez Grimaud » à Chillac. Elles ne se sentent pas impliquées dans cet univers. Cette terre de Bons Bois laisse toutefois des traces qui se réveilleront plus tard. Leurs parents souhaitaient pour elles une situation stable, la sécurité de l'emploi. Leur mère les voulait indépendantes. L'aînée, Blandine, rêve d'être fleuriste. Après un bac horticole, elle se lance dans un BTS de la même catégorie à Luçon en Vendée, puis une licence pro. Ce troisième diplôme obtenu en 1997 lui permet de partir dans le Yorkshire en Angleterre, où elle travaille chez un pépiniériste. Très belle expérience. Elle rentre en France pour s'adonner à ce qu'elle aime, dans différentes pépinières : Poitiers, région parisienne, Rouen, Tours.

Anne-Laure, elle, s'intéresse à l'informatique. Après un bac général, elle passe un DUT d'informatique à Fontainebleau, dont la dernière année s'effectue en alternance à Paris. Diplôme en poche en 2002, elle est tout de suite embauchée dans l'entreprise qui l'a accueillie durant ses études. Elle aime cette vie parisienne, les amis, les sorties, les soirées dans les bars.

Mais les vacances ou un week-end les ramènent toujours Chez Grimaud, sur les terres de leur enfance, dans cette famille très soudée. C'est en 2009 qu'elles commencent à entendre leurs parents évoquer le temps de la retraite. Le propos est toujours le même : « On vend ou vous reprenez ». La terre sera la plus forte ; Blandine y revient en 2011. Anne-Laure suit en 2012.

Mais elles ont d'autres projets pour ces trois propriétés, l'une en Bons Bois, Chez Grimaud à Chillac, l'autre en Fins Bois à Saint-Aulais-La-Chapelle, et la troisième en Petite Champagne à Nonaville. Chaque site a son bâtiment et son matériel.

Après avoir envisagé de prendre la suite de leurs parents, elles s'interrogent quant au montage juridique. Elles doivent se

débrouiller seules car ne peuvent bénéficier du « parcours jeune agriculteur ». Finalement décidées, elles choisissent une autre orientation que celle de leurs parents : créer leur marque, faire de la mise en bouteille. « Nous voulions aller plus loin, vers une autre dimension, monter un vrai projet », énoncent-elles de concert. « De par nos parcours initiaux, nous avions besoin de contacts avec l'extérieur », ajoute Blandine. De plus, le grand-père maternel et un oncle faisaient de la mise en bouteille. Ils étaient le modèle représentant une ouverture.

Elles vont s'engouffrer dans cette porte entrouverte avec détermination et bonheur.

Sur le terrain, pour maîtres d'apprentissage, elles se tournent naturellement vers la famille. Les parents, les oncles et tantes. Elles s'appuient aussi sur des organismes de formation, comme l'IREO de Richemont ou la Chambre d'Agriculture. Le père tient bon la barre de la distillerie et il en sera le formateur exclusif. Distillerie aujourd'hui informatisée par les bons soins d'Anne-Laure, la spécialiste en la matière. Blandine se tourne vers la vigne, où la plus jeune la rejoint pour des travaux spécifiques avec les saisonniers. Des vendanges à la mise en bouteilles, c'est Anne-Laure qui est sur ce terrain, l'aînée n'est jamais très loin. Les parents n'ont pris une retraite que sur le papier. Durant dix ans, ils voyagent, découvrent le monde, mais sont là dès que nécessaire.

Chez Grimaud, en plus des quatre hectares de vignes, il y a aussi 50 hectares de céréales. Les deux sœurs font le choix d'externaliser cette production. Alors qu'une grande partie des eaux-de-vie est vendue au négoce, depuis toujours, les parents ont mis de côté des barriques de cognac, un stock « dormant » géré par une SCEA. Blandine et Anne-Laure créent une SARL pour commercialiser ces eaux-de-vie. Elles lancent leur première marque en 2012, appelée Chais'L. Mais il semblerait que ce mot « Chais » n'évoque pas grand-chose dans l'esprit des consommateurs. Trop long à expliquer. En 2013, cela devient Chez'Elles. Mais là, le célèbre magazine *Elle* s'en mêle.

Les deux sœurs doivent se résoudre à chercher autre chose. Pas la peine de se mettre un procès sur le dos à l'aune d'une grande aventure. Une étincelle jaillit, ce sera « Conte&FilleS ». Blandine s'occupe plus particulièrement de la création des étiquettes. Celle du pineau est très « savante ». Une grande partie de l'histoire de cette famille couvre la bouteille. Cela plaît à la clientèle, toujours en quête d'information. L'étiquette des flacons de cognac est plus sobre, très nature. Et dans un petit coin, on peut lire « Mis en bouteille par deux sœurs ». Elles vendent essentiellement en France, un peu en Hollande et en Belgique ; elles envisagent de développer l'export. « On veut découvrir cette richesse », précise Blandine. Mais garder une taille humaine, l'aspect familial leur semble primordial.

Toutes les deux sont chargées de famille, il reste peu de temps pour les loisirs. Blandine a un petit garçon, Romain, et son compagnon, Jacques, est notaire à Barbezieux. Anne-Laure a deux enfants, Simon et Alice, et son compagnon, Frédéric, est chef de projet dans l'informatique, à Paris. Le télétravail est bien pratique.

Mais quel bonheur de se retrouver souvent pour des repas de famille ou randonner tous ensemble dans cette belle campagne, sur des parcours qu'elles réinventent à l'infini.

Le retour au terroir de cette famille est total. C'est à la mode, très tendance. Blandine et Anne-Laure sont parfaitement dans l'air du temps.

Trois générations vivent en symbiose sur ce lieu-dit Chez Grimaud à Chillac. Un véritable hameau dédié à une famille et à la production. Les saisons rythment les journées des deux soeurs. Travail dans les vignes, vendanges, vinification, distillation, vieillissement, mise en bouteilles, commercialisation. Tout est sur site. Chaque matin, Blandine s'occupe de l'embauche : quatre permanents, une apprentie et un saisonnier. Elle s'occupe également des chantiers de production et du développement commercial, via l'oenotourisme. Une très belle boutique voit le jour en 2015. L'ancienne maison des vendangeurs est restaurée. Un petit côté rétro-chic, « dans son jus ». Juste ce qu'il faut pour que le client se sente bien. En 2023, il est prévu de construire au-dessus une vraie salle de dégustation, afin aussi de faire connaître les accords mets-cognac ou pineau. La production s'ouvre aussi sur des vins et du jus de raisin. L'offre est complétée par quelques autres produits locaux : miel et pâtés. Les touristes viennent du monde entier Chez Grimaud. La boutique ne désemplit pas de tout l'été. Elle est ouverte chaque jour de l'année, sauf le dimanche.

Anne-Laure aime plus particulièrement tous les travaux de la vinification à la mise en bouteilles, en passant par la distillation et le vieillissement. Chaque cru, Bons bois, Fins Bois ou Petite champagne, est mené séparément. Pas d'assemblage. Chaque cru garde sa typicité, sa personnalité. Dans le chai, pas une eau-de-vie n'est mise en bouteille sans que les deux sœurs n'aient mis leur nez dessus. Un autre beau moment de complicité, dans l'ombre et le silence des chais.

La prospection de la clientèle professionnelle, essentiellement des cavistes, s'effectue partout en France. Comme pour toutes les activités de ce domaine viticole, c'est l'une ou l'autre. « Être deux, c'est une force », disent-elles en chœur.

Un site internet vitrine et vendeur est créé. Une jolie brochure aussi, déposée dans les offices de tourisme alentour. Le Pôle touristique Sud-Charente est très dynamique pour soutenir la commercialisation. Ils orientent la clientèle vers cette belle propriété. Blandine y siège au Conseil d'administration. Elle est également administratrice d'une SICA Cognac d'un gros négociant.

Les deux sœurs orientent le vignoble vers la certification Haute Valeur Environnementale (HVE). Cette génération prend soin de sa terre. Ce terroir est leurs racines qu'elles aimeraient transmettre. « Ce serait notre plus beau cadeau » concluent-elles.

Blandine et Anne-Laure, les sœurs Conte, c'est une véritable alchimie, à la fois familiale et professionnelle.

LES COUPS DE CŒUR DE BLANDINE ET ANNE-LAURE

Accords gourmands et voir la vie en bleu !

Chez les sœurs Conte, la gourmandise se conjugue... cognac et pineau. C'est encore meilleur quand c'est accompagné. Un cognac VSOP, glacé, sur un carpaccio de poisson, quelques gouttes de citron vert, un peu de ciboulette. Et le tour est joué ! Un très vieux pineau 2005 avec un plateau de fromages de caractère, type roquefort ou un Comté affiné. Sans oublier un bon pain de campagne croustillant. Mmm !

COCKTAIL CONTE&FILLES

Mettez de la glace pilée au fond d'un verre à cocktail. Complétez de *7 cl de pineau rosé* et *7 cl d'eau gazeuse,* le tout très frais. Bien mélanger. Ajoutez *un trait de sirop de pamplemousse. Une rondelle du même fruit* pour la déco et le style !

À consommer en cocktail pour un rafraîchissement garanti et sortir des sentiers battus. Simple à réaliser à la maison pour bien recevoir ses amis.

« Nous aimons nous promener aux étangs de Guizengeard, à Touverac dans le Sud-Charente : un décor lunaire, le bleu fascinant de l'eau. Une faune préservée permet d'être témoin d'envolées de guêpiers d'Europe. Et où une flore méridionale aux senteurs de pins et de bruyères s'invite au voyage ».

Anne-Laure et Blandine CONTE

MARIE-LAURE COSTE BRUGEROLLE

Secrétaire Générale

UNE PETITE MUSIQUE DE VIE

Armagnac ou cognac ?... son cœur balance. En ouvrant les yeux à Bordeaux en 1961, à mi-chemin entre les deux terroirs, Marie-Laure Coste Brugerolle se donne le temps de la réflexion.

Un père aux origines du sud Dordogne, Monpazier et du Lot-et-Garonne, Bonaguil. Quelques rangs de vignes. Une mère bordelaise, où le vin est roi. Marie-Laure ressent très vite cet attachement au sud-ouest.

Une incursion à Paris dans une société pétrolière est un échec... sentimental. La famille se sent déracinée, il y a urgence à revenir en Aquitaine. Marie-Laure n'a que six mois et sa mère la nourrit des mélodies de France Musique pour faire cesser ses pleurs. Une opportunité se présente pour le père chez les cognacs Otard, à Cognac, au poste de directeur financier. La famille s'installe au cœur de la vieille ville, au riche passé historique. Marie-Laure y connaît une enfance très heureuse.

Dans les années 1970, le père décide de créer sa propre société. Quelques petites et moyennes maisons de cognac ont disparu ou vivotent. Michel Coste les rachète et les regroupe sous l'entité Compagnie Commerciale de Guyenne. La maison Meukow entrera dans le giron de la société en 1979. Marie-Laure entend parler jour et nuit de tous ces projets, c'est son premier ancrage. Le bac en poche en 1979, elle souhaite s'orienter vers des études de lettres classiques. Mais le père l'envoie en Argentine, dans une famille qu'il connaît par ses voyages pour les cognacs Otard. Elle n'est pas là pour travailler mais pour perfectionner l'espagnol et se nourrir de la culture sud-américaine. Visites de musées et tourisme lui apportent une grande ouverture d'esprit. Elle y reste trois mois. De retour, sur les conseils de son père, qui pense que le journalisme serait un métier d'avenir pour sa fille, elle tente, sans enthousiasme, l'examen d'entrée à Sciences-Po et... réussit. Elle juge que la première année est bien suffisante et repart quelque temps dans sa famille argentine. Elle retournera des dizaines de fois dans ce pays qu'elle aime le plus au monde et où elle a tissé des amitiés indéfectibles. Elle aura même l'occasion d'y travailler six mois, en tant qu'assistante de direction dans l'agence de publicité Solanas-Ayer.

En 1981, elle rejoint Bordeaux pour s'inscrire à la faculté des langues étrangères, afin d'y perfectionner l'anglais et l'espagnol. En parallèle, elle s'inscrit à l'Institut de Contrôle de Gestion, dont elle sort diplômée.

En 1983, la maison Meukow commence à prospérer. C'est à ce moment que Marie-Laure fait son entrée. Un bureau lui est dédié pour se consacrer aux relations presse et salons internationaux. Ce qui lui donne l'opportunité de voyager en Asie et aux États-Unis: « J'avais envie de travailler, dit-t-elle, de prendre mon indépendance et mon objectif était de poursuivre l'aventure familiale ».

C'est là que Marie-Laure réalise à quel point le cognac est une formidable porte ouverte sur le monde. Porte qu'elle ne va cesser d'ouvrir vers de multiples horizons.

Si elle prend tout naturellement sa place dans cette ville de Cognac qu'elle aime beaucoup, son père y connaît quelques vicissitudes dont elle souffre néanmoins. Michel Coste s'est approprié des marques de cognac, alors qu'il n'est pas d'ici. Dans le contexte de l'époque, les années 1970/1980, ce n'est pas très bien vécu de la part de quelques professionnels du cru. Quoi qu'elle entende, Marie-Laure défend ce père bec et ongles. Elle est l'aînée de trois enfants. Mais suivant les dogmes du moment, transmission de père en fils, c'est au second, Philippe, que revient l'honneur de diriger l'entreprise. « Une femme doit garder du temps pour ses enfants », estime le père. En effet, dès leur naissance, Marie-Laure ressent profondément le besoin de leur consacrer du temps. Un drame terrible survient pourtant, la perte de sa fille Camille, trois ans. Heureusement, il y a Thomas, âgé de six mois et Paul qui naîtra quelques années plus tard, apportant cette petite lumière supplémentaire, vitale. L'entreprise est aussi un socle solide. « Elle m'a aidée à me reconstruire, confie Marie-Laure. L'entreprise m'a sauvée ». Et là elle se rend compte qu'elle est parfaitement à sa place, en tant que femme.

Philippe est donc à la tête de l'entreprise et Céline, la jeune sœur, se consacre au marketing, le développement de nouveaux produits. Une fratrie qui fonctionne bien, soudée par ce père protecteur. « Il veut nous embarquer dans son aventure» précise Marie-Laure. En 1978 la société Cie de Guyenne prend ses quartiers dans les bâtiments construits par Jules Duret en 1860, puis acquis en 1885 par la maison de cognac Lucien Foucauld, marque qui entre dans le giron du groupe. En 2006, l'entreprise peut acquérir l'ancienne miroiterie, redonnant ainsi au site son intégrité architecturale. Ce nouvel ensemble est restauré en 2012 et baptisé «Espace Guyenne». Un magnifique écrin est créé pour valoriser les flacons maison. Tant sur le plan personnel que professionnel, la famille Coste a su parfaitement s'intégrer dans cette Charente, œuvrer avec cœur et passion pour son produit phare, le cognac, dont la maison Meukow est devenue un des fleurons.

Marie-Laure s'épanouit pleinement dans cet univers du cognac, ouvert sur le monde par son histoire, son savoir-faire, toute la culture qu'il véhicule. En référence à la part des anges, elle crée La Part des Arts, pour faire entendre et exposer ce qu'elle aime. Là, dans un ballet perpétuel, se rejoignent la musique, la peinture, la photographie. La musique, une vraie passion, fait partie intégrante de sa vie. L'écrin cognac devient lieu de culture. Des concerts sont organisés, mais aussi des expositions de peinture et de photographies. Marie-Laure prend des cours de piano et acquiert un très bel instrument Steinway & Co, sur lequel les clients en visite aiment à s'exprimer spontanément. Tout est mis en œuvre pour partager, créer du lien. Et pour clore une belle matinée ou un bel après-midi de visite, rendez-vous est donné au restaurant du site, pour un déjeuner ou un dîner.

Cet Espace Guyenne est une porte de plus où les cognaçais aiment se retrouver.

Impliquée dans tous les domaines de l'entreprise, c'est sans orgueil que de son bureau elle est «l'ange gardien» de ces lieux. Secrétaire Générale, elle est principalement en charge de la sécurité de l'humain. Elle représente l'entreprise sur les plans réglementaires et juridiques afin que tout fonctionne bien. «Je n'ai pas beaucoup de goût pour le commercial», confie-t-elle. Alors Philippe et Céline, son frère et sa sœur, se chargent de cette partie-là. En revanche elle magnifie ses cognacs au travers de la Part des Arts, quand elle reçoit des personnalités officielles, institutionnelles ou autres, les artistes aussi. Elle reste très proche de ce père disparu en 2015 et de l'esprit maison qu'il avait insufflé. Elle en est le trait d'union pour les générations futures. Elle est aussi la gérante de la SCI englobant tout le bâti. Le restaurant est l'idée de Philippe, toujours pour créer et conserver ce lien.

L'armagnac reste présent. La marque Marquis de Caussade a été rachetée par le groupe en 1980 et Marie-Laure veille à positionner et développer le produit, fonction de sa singularité.

La Part des Arts lui permet de donner une chance à de jeunes artistes, d'accompagner de jeunes talents. Elle entend orienter un peu différemment ce lieu de culture. Elle veut lier la Part des Arts à de l'utile, de la générosité. En faire une œuvre caritative. Déjà, des ateliers de peinture sont mis en place dans le service pédiatrique de l'hôpital de Girac, à Angoulême.

Bien qu'habitant Matha, berceau de son mari et sa famille avec le domaine Brugerolle, au cœur de leur vignoble des Fins Bois, elle a besoin, de temps en temps, de s'extraire du cognac dans sa maison familiale du Lot et Garonne, à Bonaguil. Tout en écoutant de la musique, Marie-Laure se met à l'écriture, un récit. Elle veut commencer à transmettre son expérience professionnelle mais aussi son chemin de vie, tout est lié. Ainsi que le souligne Marcel Proust dans son ouvrage « À la recherche du temps perdu », la musique devient, en ses propres termes « communication des âmes ». Marie-Laure est sur cette voie de la beauté et de la mélancolie. Le temps passe et elle ne se sent pas à l'aise avec les technologies modernes, elle refuse d'y être asservie. Et puis les jeunes générations, ses enfants, ceux de Philippe et Céline sont déjà là ou frappent à la porte.

Elle ne sait pas encore quand, mais elle envisage de se retirer à Bonaguil, pour se tourner vers d'autres projets, en particulier y créer une galerie d'art. Et aller chercher d'autres sources d'énergie, en quête de spiritualité.

Cognac ou armagnac ? Ici, là, ou ailleurs, Marie-Laure cultive le bonheur, pour l'offrir alentour.

LE COUP DE CŒUR DE MARIE-LAURE

Cognac et musique: mon accord parfait!

Dans le grand hall d'entrée de la maison Meukow, posé en majesté parmi les flacons de cognac, trône un magnifique piano Steinway & Sons. Le ton est donné. Un cognac, à l'image d'un instrument de musique, c'est d'abord la conjugaison de métiers d'art, de matériaux nobles et de savoir-faire ancestraux: facteurs de pianos, luthiers, tonneliers, distillateurs, verriers... Tous sont artistes sur le chemin qui va de l'arbre au piano et de la grappe de raisin au cognac. Puis vient la magie de la musique. À l'image du compositeur qui va écrire sur la portée les clefs, les notes, les mesures et le tempo, le maître de chai fait lui aussi un merveilleux travail de composition, un assemblage de notes aromatiques, uniques. Le but recherché est le même: partager de l'émotion et du plaisir avec celui qui écoute, celui qui goûte.

Un cognac parfaitement équilibré avec une persistance aromatique à la fois florale et fruitée, comme un matin de printemps calme et tranquille... Adagio du concerto pour clarinette et orchestre de Mozart.

Cet autre assemblage, dans lequel s'expriment et se combinent la puissance des tanins apportés par le long vieillissement en fûts de chêne et la délicatesse des eaux-de-vie de Grande et Petite Champagne. Il m'évoque le concerto pour piano N° 2 de Rachmaninov, 2e mouvement...une sorte d'équilibre parfait. L'émotion qui nous étreint va demeurer en nous longtemps.

Un jour de nostalgie... Oblivion d'Astor Piazzolla me vient en tête et avec lui l'amour de l'Argentine, héritage de mon père. Alors, c'est « Esprit de famille » qui s'impose, assemblage unique des plus prestigieux cognacs de la maison. Et la nostalgie fera place à la fierté de perpétuer.

Un endroit que j'aime particulièrement : ma gariotte.

« Gariotte » est un régionalisme du Lot qui désigne une cabane de pierres sèches. Ces cabanes servaient aux vignerons ou aux bergers pour se protéger des intempéries. Celle-ci m'appartient. Elle est nichée dans une forêt de pins, chênes et châtaigniers, à quelques mètres à vol d'oiseau du château de Bonaguil. J'aime par-dessus tout écouter la pluie crépiter sur son toit de lauzes, quand la forêt exhale ses parfums de mousse et de bruyère mêlés. Je m'y ressource souvent et instantanément ».

Marie-Laure COSTE BRUGEROLLE

ISABELLE COUPRIE – Maître Assembleur

UNE RÉGION, UN PRODUIT, TOUTE SA VIE

Attachée à la viticulture par sa famille paternelle, Isabelle Couprie a la bonne idée de naître au moment des vendanges, en 1972, à Barbezieux. Alors, tous les ans, son anniversaire est une grande fête avec l'équipe de vendangeurs. A-t-elle vraiment le choix de son avenir ?

Le berceau de sa famille se situe à Ambleville et Touzac. Déjà, en 1750, un de ses aïeuls se voit décerner une autorisation de déclaration de distillation. Isabelle va devenir la digne gardienne de cet héritage.

Élevée à Touzac au lieu-dit Chez Martelot, où se trouve le vignoble familial, au cœur de la Grande Champagne, elle pratique le sport assidûment : la gymnastique, les agrès plus particulièrement et le volley-ball. Adolescente, elle est tentée par le métier de vétérinaire, mais change d'orientation face aux exigences de telles études. Son bac scientifique en poche, elle s'inscrit à l'IUT (Institut Universitaire Technique) de biologie de La Rochelle, dans la spécialité Industrie alimentaire. Une émission de télévision sur la culture in-vitro de la vigne retient particulièrement son attention. Un stage de trois mois dans une maison de cognac lui donne envie de poursuivre ses études. Elle rejoint Bordeaux pour un Master de biochimie, diplôme qu'elle passe avec succès en 1997. Parallèlement, souhaitant faire des petits jobs pour son argent de poche, elle répond à une annonce de l'INRA (Institut National de Recherche Agronomique) qui recrute des étudiants de son niveau pour une unité de recherche dans le domaine de la production : vendanges et vinification. Puis elle ajoute un DEA (Diplôme d'Étude Approfondie) en œnologie et ampélologie. Elle peut ainsi poursuivre des travaux de recherche avec l'INRA, sur l'aptitude rhizogène des porte-greffes de vigne en culture in-vitro. Une belle expérience que cette immersion dans ce milieu professionnel. Mais, « je réalise que ma personnalité a besoin de plus de contact et de concret », glisse-t-elle. Ce DEA conduit plus à la recherche, à l'enseignement. Ce n'est pas ce qu'elle veut. Elle choisit de s'inscrire à l'école d'ingénieur de Montpellier et, à son cursus, elle ajoute un DNO (Diplôme National d'Oenologie). Des voyages d'études à l'étranger sont organisés, des visites de caves, de vignobles. Elle précise : « Je me rends compte que j'ai bien choisi, je suis enfin en lien direct avec le produit ».

Elle revient au pays en 1999, alors que de gros bouleversements agitent la région du cognac. Les marchés asiatiques ne répondent plus, le vignoble est en pleine reconversion : arracher les cépages liés au cognac pour planter ceux propices à la production de vin. De viticulteur il faut devenir vigneron. La Chambre d'Agriculture recherche des conseillers, et Isabelle est embauchée comme technicienne en viticulture et œnologie.

Là voilà de plain-pied dans cette Charente et face à tout ce qui la fait exister, vivre et rayonner.

À son égard, les viticulteurs se montrent accueillants, bienveillants. Ils sont en attente de conseils. Multi-diplômée et du terroir, Isabelle est légitime. « Mon père était inquiet pour moi » souligne-t-elle. Vu les circonstances, il aurait préféré qu'elle trouve un bon job d'oenologue dans un prestigieux château bordelais. Avec les gens du cru charentais, elle noue des relations agréables, solides. Elle les accompagne dans leur projet de reconversion de leur vignoble en vin de pays. En 2000, elle aide certains de ces viticulteurs à monter une coopérative, « Les Coteaux de l'Angoumois », structure aujourd'hui disparue. Ces cinq années passées à la Chambre d'agriculture sont une belle expérience dans le cadre de cette reconversion d'une région. Au départ, beaucoup de soutien de la part des organismes, mais le fonctionnement change et elle ne s'y retrouve plus. « Petit miracle, s'exclame-t-elle, une annonce dans une revue régionale » : un négociant est en recherche d'un maître de chai. Elle postule au travers d'un cabinet de recrutement. Le parcours est rude, de longue haleine. Sa personnalité et ses compétences sont étudiées de tous côtés. Et enfin, elle est face au directeur de ladite maison de négoce. Elle entend : « Mais vous êtes une femme, que pouvez-vous apporter de plus ? ». Elle ne rentre pas dans ce jeu, et glisse simplement que ses compétences n'ont pas de sexe. L'avenir lui donne raison. Quinze années passées dans cette maison sont une belle et riche expérience, où elle a l'occasion de se frotter, non pas seulement au cognac, mais aussi à d'autres spiritueux. Cela lui permet également de faire quasiment le tour du monde. Elle se passionne du choc des cultures. Puis vient le moment où elle en a fait le tour. « J'ai envie de me challenger » glisse-t-elle. Parallèlement, en 2017, avec son frère elle reprend l'exploitation du vignoble familial à Touzac.

Isabelle postule chez un autre négociant, toujours pour un poste de maître de chai. Cette maison, a priori, offre une grande ouverture : plusieurs marques de cognac, un vignoble conséquent réparti sur plusieurs crus, un outil de travail intéressant. Elle a envie de s'investir pleinement dans le cognac, de la vigne à la bouteille. Trois ans plus tard, elle déchante. Ses valeurs, tant sur le plan humain qu'au regard du produit, ne sont pas en adéquation avec celles de cette maison. En 2021, Isabelle donne sa démission. Elle en profite alors pour repenser son métier : « Comment le continuer ? ».

Habitant Rouillac, toutes ses interrogations ne l'empêchent pas de s'adonner à diverses activités, sportives et culturelles : tennis, théâtre, cinéma, concerts.

S'instille en elle l'envie de prendre de la hauteur, son indépendance. Depuis une vingtaine d'années, la région connaît une belle accélération économique. Alors elle se dit : « pourquoi ne pas me mettre au service de cette dynamique ? »

De cette réflexion grandit en elle l'idée de devenir « Maître-assembleur conseil ».

Parler de son métier et de son produit, le cognac, c'est ce qu'elle sait faire de mieux. Elle est intarissable. À tel point qu'habitée par tant de passion, elle n'a pas pris le temps de se construire une vie privée. Elle ne désespère pas.

L'eau-de-vie, il faut la prendre « au berceau », au sortir de l'alambic. Elle s'appelle cognac, mais ne sera légalement commercialisable qu'après deux années passées en fûts. La regarder, la sentir, la mettre en bouche. En déterminer sa personnalité, bien identifier ses qualités, imaginer celle qu'elle deviendra plus tard. C'est le premier temps fort du job d'Isabelle. Ensuite, choisir le fût qui va

convenir à cette eau-de-vie. Il est important de nouer un partenariat de confiance avec un tonnelier. Elle va le voir pour choisir le bois. Ce ne peut être que du chêne. Mais grain fin ou gros grain, chauffe légère, moyenne ou forte ? Le vieillissement, voilà un des cœurs du métier pour obtenir un beau cognac dans cinq ans, dix ans, ou plus.

Le cognac de chaque maison a son identité propre et le maître de chai doit la respecter. Par une dégustation quasi journalière et un gros travail de mémoire, Isabelle identifie différents lots. Ensuite, elle réfléchit à les marier pour retrouver la qualité finale recherchée, identique à l'échantillon-témoin. Un travail d'équilibriste. C'est là où, de maître de chai en tant que gestionnaire, elle devient maître assembleur. Chez son dernier employeur, elle a eu l'occasion de travailler particulièrement sur les arômes et de créer des liqueurs. « C'est un métier de créateur » souligne-t-elle avec gourmandise. Quand elle fait des assemblages, elle laisse remonter les émotions de son enfance, cette dimension humaine laissée par les anciens. Les arômes évoluent, se transforment, elle « joue » avec eux, les accompagne dans cette mutation. Assembler deux arômes en donne souvent un troisième (1 + 1 =… 1). Elle se doit d'être pragmatique aussi, tout doit entrer dans un cadre. Elle a pour cela quatre données à sa disposition : il y a ce qu'elle aime, mais aussi l'attente du marché, le client, le goût du consommateur, différent selon les pays et les cultures. À cela s'ajoutent le respect de l'AOC cognac et la prise en compte d'un cahier des charges précis. De plus, le prix de revient doit permettre de rendre le produit compétitif sur le marché pour lequel il a été créé. Un vrai casse-tête parfois, voire même un crève coeur ! En dernier ressort, c'est souvent le marché qui décide.

Au sortir de sa dernière expérience professionnelle, Isabelle songe plutôt à mettre ses compétences au service des viticulteurs comme des négociants. Prendre la position de « Maître Assembleur Conseil ». Être un « outil » pour toute question, de la vinification au produit final. Elle ne veut pas seulement conseiller mais former, que chacun s'approprie ses propres compétences. Elle sait que parmi les jeunes viticulteurs, certains souhaitent prendre leur avenir en main et elle peut les accompagner et leur donner les clés.

Mais si une belle maison de cognac lui faisait une proposition alléchante, peut-être que... Quel que soit son futur projet, Isabelle n'a qu'une envie, créer de belles eaux-de-vie !

LE COUP DE CŒUR D'ISABELLE

Surfer sur les chemins de traverse !

LE SURFEUR

« J'avoue être très adepte du cognac pour l'apéritif, mais peu du format cocktail. Je le préfère pur ou sur glace, ou juste allongé quand c'est une qualité plus jeune, mais sans trop de sophistication pour laisser parler les arômes du cognac. Je citerais, en souvenir de cette révolution sur le mode de consommation : le Surfeur. Un verre allongé rempli au *3/4 de tonic Atlantic,* que j'aime beaucoup pour son équilibre, et *1/4 de cognac VSOP,* ajouté dans un deuxième temps pour que la magie (ou la différence de densité des liquides) le laisse flotter en surface. Et ainsi, avec la transparence du tonic, avoir la belle couleur ambrée du cognac comme suspendue. Mes proches ironisent et trouvent que j'inverse les proportions quand je prépare un « long drink » avec plus de cognac que de « soft » ! Fan de cette eau-de-vie, peut-être bien, en effet... ! »

«Je n'ai pas vraiment un lieu préféré en Charente ou Charente Maritime. Je dirais, un cru préféré : la Grande Champagne et ses doux vallons. Je prends toujours autant de plaisir à sillonner ces petites routes comme celles de Touzac à Segonzac, de Touzac à Bouteville, et tant d'autres, où les lignes courbes des rangs et la géométrie des vignes sur les collines nous hypnotisent à perte de vue. Il y a des passages de crêtes avec des perspectives profondes de part et d'autre, jusqu'à l'horizon. Quand j'ai des amis qui viennent et qui ne connaissent pas la Charente, je ne peux m'empêcher d'organiser un petit circuit au travers des vignes pour finir sur les rives de notre beau fleuve Charente ».

Isabelle COUPRIE

PASCALE CROC – Agricultrice

UNE LIGNE DE VIE ENTRE TERRE ET VIGNE

Sa côte basque, elle la vit, la chante, la joue, la danse. Mais, un soir de St Sylvestre, la fête bat son plein, le cidre basque et autres pétillants coulent à flots. La tête tourne un peu, les yeux brillent, les cœurs se libèrent. Gary est parmi les invités. Elle a 16 ans, lui en a 20. Il est Charentais!

Pascale Croc ouvre les yeux à Bayonne en 1972, née de parents aux origines françaises multiples: nord, sud, est, ouest. Très sud même, du côté de la Corse. Certainement le secret de sa vitalité. Une fratrie de cinq enfants dont elle est l'aînée. Son enfance s'écoule heureuse à Itxassou. De jeunes années, jusqu'à l'adolescence, bercées par le folklore local: la danse, mais aussi la flûte txistulari. Pascale joue également de la flûte traversière. Les Basques ont une forte tradition de musique d'ensemble et elle intègre deux formations locales pour participer à des concerts ou des défilés officiels. Les répétitions ont lieu chaque semaine.

Envisageant de devenir décoratrice, elle se présente au bac, en juin 1990, en section littéraire et arts plastiques. Mais ses préoccupations du moment sont bien loin de ces considérations de lycéenne. Le beau Gary occupe toutes ses pensées. Pascale fait ses valises et le rejoint en Charente-Maritime, à Thézac. Découvrant avec enthousiasme le domaine familial charentais, une propriété agro-viticole, Pascale s'inscrit à un bac agricole, dès la rentrée de septembre 1990. Bac pour bac, autant que celui-ci serve son avenir. Le jeune couple se marie à Itxassou dès son diplôme en poche, en 1992. Elle décide de garder exclusivement son nom de jeune fille: Croc. Et poursuit ses études par un BTS de gestion agricole, qu'elle obtient en 1994. Son choix est fait. Elle sera agricultrice auprès de Gary, qui a repris les rênes du domaine un an plus tôt.

En y réfléchissant bien, sa rencontre avec Gary et cette arrivée en Charente ne sont peut-être pas seulement le fruit du hasard. Durant son enfance, il y eut quelques vacances à Royan: baignades, bronzette sur la plage, grandes balades sur la côte. Mais c'est en 1986, lors de vacances à Tonnay-Charente, qu'elle comprend que son grand-père maternel y est né, d'une famille de négociants de cognac, les Renault-Delage. Une histoire, une origine qu'elle portait sans le savoir.

Quelque part, Pascale est un peu d'ici, des Charentes.

À Thézac, au lieu-dit Chez Barraud, c'est un « village », où vit toute une communauté familiale. Une vraie ferme au milieu de ces terres de Bons Bois. Maisons d'habitation, bâtiments agricoles et viticoles s'entremêlent. Toute la famille paternelle de Gary est là : ses parents, mais aussi ses grands-parents. Bien ancrée dans sa culture de naissance, Pascale est très indépendante. Ce jeune tempérament basque n'a pas l'intention de se faire souris. « Je dois m'affirmer », pense-t-elle immédiatement. Les tensions familiales s'apaiseront avec le temps.

Ses parents, eux-mêmes, sont surpris de ce choix de l'agriculture. Ils se demandent si leur fille s'engage dans une réelle activité professionnelle. C'est mal connaître Pascale, volontaire, persévérante et qui entend bien prendre sa place. Ses quatre années d'étude l'aident à aborder cette propriété sous l'angle technique du terrain agricole et viticole. Elle profite de ses vacances pour y travailler, mettre en pratique. Une fois installée, elle apporte sa vision de consommatrice d'aujourd'hui, ce besoin de prendre soin de sa terre et de sa santé. Produire plus sain est son leitmotiv. « Je suis passionnée par l'humain et son bien-être », glisse-t-elle. Dans un premier temps, en 1997, Pascale crée la marque « La Ferme de l'Orée », pour mettre en valeur les produits maison. Les années suivantes sont difficiles, la crise du cognac n'aide pas et le projet de distribution des produits en circuits courts ne trouve un nouvel élan qu'en 2008. Très vite, le jeune couple envisage de se tourner vers la culture biologique. Il faut repenser totalement le mode de production, tant agricole que viticole. Ce sera définitivement réalisé en 2012 pour les 26 hectares de vignes et en 2016 pour les 94 hectares de terres agricoles. Le domaine est plutôt isolé et ce choix n'est pas toujours bien compris des agriculteurs alentour. Sur la propriété sont cultivés diverses céréales, des légumes secs, mais aussi des oléagineux pour produire des huiles vierges. Sans oublier la vigne. Les produits sont distribués sur le site mais aussi dans des magasins collectifs fermiers à partir de 2011. Pascale reçoit à la ferme pour des rencontres pédagogiques, dès 2015. Elle veut initier au « bien se nourrir », à la santé, au bien-être.

Elle s'implique dans les instances régionales au titre de viticultrice, pour partager et défendre ses idées : à l'UGVC (Union Générale des Viticulteurs pour l'AOC Cognac) et au BNIC (Bureau National

Interprofessionnel du cognac). Durant 18 mois, elle participe également aux réunions et travaux des Savoir-Faire du cognac, dans le but que celui-ci entre au patrimoine immatériel de l'Unesco. Pascale est une femme engagée, elle communique sur tous les fronts.

Malgré un temps plus que plein au sein du domaine, en 1995, elle reprend sa flûte traversière et rejoint l'harmonie de Saintes. Mezzo-soprano, elle pratique également le chant classique et le piano avec une professeure russe. Le tout l'occupe trois soirées par semaine. « La musique est mon oxygène » confie-t-elle.

Elle prend aussi le temps de s'occuper de leurs deux enfants. Leur fille Léa rejoint très vite l'activité familiale en 2020.

D'Itxassou à Thézac, entre cultures et musique, Pascale a trouvé sa place, le bon équilibre.

Chaque matin, quand elle ouvre ses volets, elle respire cette campagne à son image. Il fait bon y vivre, cette terre est respectée. Mais il ne faut pas s'attarder, rêvasser, la journée s'annonce chargée. D'autant plus que chacune est différente. Il faut planifier avec rigueur et ça, Pascale sait faire. Elle a le rôle de chef d'équipe. Dans la boutique, qui est aussi le lieu d'accueil de diverses activités, sont disposés de grands panneaux où tout est noté quotidiennement, la tâche à accomplir et qui fait quoi.

Pascale et Gary exécutent tous les deux les travaux liés aux différentes cultures, à pied ou sur un tracteur. Gary s'occupe seul du désherbage mécanique des champs et de l'entretien du matériel. Au moment des vendanges qui se font en CUMA (Coopérative

d'Utilisation de Matériel Agricole), Pascale surveille l'étape cruciale des vinifications. La suite, distillation et vieillissement, est traitée et valorisée en coopérative. Les eaux-de-vie de la Ferme de l'Orée entrent dans la gamme d'un cognac de ladite structure et sont vendues sous l'appellation cognac bio par la maison Hardy. Pas de salariés à proprement parler pour aider Pascale et Gary. L'exploitation adhère à un groupement d'employeurs et les personnes recrutées sont toujours les mêmes. Depuis 2017, des femmes essentiellement.

Pascale gère seule la partie administrative et le développement commercial de l'entreprise, l'EARL « Le Petit Bois ». C'est un volet important du métier qui demande un bagage solide. D'autant plus que les cultures sont très diversifiées. Il y a le temps des moissons, effectuées par un entrepreneur, le temps des vendanges et le temps où il faut presser les oléagineux, pour produire des huiles. Cela est fait sur site par Pascale et Gary. Le conditionnement des produits, légumes secs, huiles vierges, raisin pétillant, farine, conserves, est sous la responsabilité de Léa. Le tout est très joliment emballé. Un site internet permet de commander les articles, que l'on peut ensuite aller chercher à la propriété.

Par l'accueil à la ferme de groupes divers, Pascale veut créer du lien, expliquer les milles facettes de leur métier, la culture agricole et viticole. Des ateliers culinaires sont également organisés. Elle veut réconcilier l'agronomie avec l'équilibre alimentaire, toujours cette obsession de la santé, du bien-être. Tellement généreuse, elle réfléchit continuellement à développer des outils pédagogiques différents, pour accueillir tout un chacun. Le site est labellisé pour les quatre formes de handicap : auditif, mental, moteur, visuel.

La musique et diverses activités culturelles s'invitent à la ferme. En 2016 et 2017, sur les deux années, 150 personnes se sont pressées sur le site pour y voir un film sélectionné par le comité « Ciné à la ferme ». Pascale proposait des tapas salés et sucrés de sa création, à base des produits maison. Aux fourneaux, toujours elle, « je me fais tout de même aider », glisse-t-elle, modeste.

Entre le retour à la terre, le produire et consommer bio et local, les circuits courts, la vente directe, Pascale, « Madame cent mille volts », est totalement dans l'air du temps, précurseure d'une civilisation paysanne du XXIe siècle.

LE COUP DE CŒUR DE PASCALE

De la côte basque aux Charentes, un destin côté nature !

« À la Ferme de l'Orée, le cognac Hardy Organic VSOP est servi pour mettre en appétit, rallongé de jus de raisin pétillant ou tranquille du vignoble, complété de quelques glaçons.

Un cocktail que j'accompagne de mes créations culinaires, avec des produits de la ferme et des recettes inspirées d'ailleurs: houmous de pois chiches à l'huile de chanvre, crackers aux graines de chanvre et de lin, salade de lentilles sauce colza, et truite fumée des Charentes.

Ce cognac a toute sa place aussi pour déguster des macarons revisités aux graines de chanvre. Je veux encourager les Charentais à valoriser en toute occasion leur terroir, dont le cognac est un produit phare, en gardant l'esprit ouvert à d'autres horizons. Bienvenue dans ce voyage, au pays des sens. »

« J'aime travailler dans cette parcelle de vignes pour sa perspective sur le très beau clocher roman du XIIe siècle de Thézac. Quel contraste saisissant avec mon village natal au Pays basque, où l'église est cachée entre 2 collines ! Au ras des vignes ou perchée sur les hauteurs d'Itxassou, tous ces merveilleux paysages me rapprochent d'horizons ouverts sur le monde »

Pascale CROC

CASSANDRE DAVID ALLARY – Responsable qualité et sécurité en tonnellerie

AU CŒUR DU BOIS ET LE BOIS AU CŒUR

Elle n'est pas du bois dont on fait les flûtes, pas plus que celui dont on se chauffe. Elle, Cassandre David Allary, aime le bois dont on fait les barriques.

Saint-Georges-de-Didonne, au bord de l'océan en Charente-Maritime, la voit naître en 1990, dans le giron maternel. Une enfance un peu plus dans les terres, à proximité de Gémozac, sur la propriété viticole familiale, qui sera vendue en 2004. Des activités baignées par la danse classique et de grandes balades à vélo. Quelques petits travaux dans les vignes aussi pour se faire de l'argent de poche. En 2003, la famille déménage à Archiac pour se rapprocher de la tonnellerie paternelle. Dès ses 14 ans, Cassandre s'occupe du contrôle de la réception des merrains et s'initie aux défauts du bois. L'année suivante, elle assure le circuit de visite du site. Pour les études elle se tourne vers son projet de petite fille. Dès l'âge de cinq ans elle voulait devenir médecin. Après son bac scientifique elle se lance dans une première année de médecine. Mais intéressée par l'œnologie, en 2009, elle s'oriente vers un master QSE à Bordeaux : qualité, sécurité, environnement. Master qu'elle effectue en alternance à la tonnellerie familiale, un environnement qui lui est familier. En parallèle de toutes ses études, elle prend des cours d'oenologie. Elle aime aussi passer du temps avec sa mère Sylviane. « Nous aimons nous accorder des moments entre filles », confie-t-elle.

Son grand-père, Roger Allary, avait fondé sa tonnellerie à Juillac-Le-Coq en 1953, où il faisait essentiellement de la réparation de fûts et de tonneaux. Quand en 1992 il prend sa retraite, son fils Jacky lui succède, avec cette même passion pour le bois. Il déménage l'entreprise à Archiac et la développe avec talent, notamment à l'export.

Comme une évidence, en 2015, Cassandre rejoint l'entreprise, ainsi que son frère Gauthier, plus jeune de cinq ans. Tous les deux veulent poursuivre cette belle aventure familiale. Ils en représentent la troisième génération. Plus tard, ils seront peut-être rejoints par Armant, le jeune frère né en 2009, qui montre déjà beaucoup d'intérêt à la tonnellerie. Se joindre à son père et son grand frère pour sélectionner les grumes en forêt est un vrai plaisir.

Elle, toujours passionnée par l'œnologie, participe à des concours de dégustation de vins à Bordeaux. Son approche des eaux-de-vie est

plus délicate, plus olfactive que gustative. Au nez, elle aime beaucoup l'évolution des arômes que le cognac développe au cours de son vieillissement. Elle souligne : « Ce panel aromatique, c'est comme un parfum ».

Le vin, le cognac, d'autres spiritueux bruns, tout cela fonctionne en lien étroit avec la tonnellerie. Le contenant est un tel facteur de qualité du produit final.

Cassandre se glisse avec bonheur dans ce milieu de bois, d'eau et de feu, au savoir-faire d'exception.

Une trentaine de salariés travaillent au sein de cette entreprise, essentiellement des hommes. C'est un métier très physique. Les femmes sont dans les bureaux. Tant sur le plan familial que professionnel, le contact de ces hommes ne pose aucun problème à Cassandre. Ils la connaissent depuis sa jeune adolescence, elle a grandi avec eux au contact de ce bois. C'est leur point commun, leur point de rencontre, leur point d'ancrage. Chaque jour, elle est sur le terrain, c'est-à-dire dans les ateliers et la communication est fluide. Son père ne néglige pas ses propositions, notamment en ce qui concerne l'organisation interne. Même situation vis-à-vis des clients ou des fournisseurs. Sa période d'alternance durant ses études lui a ouvert naturellement les portes. Elle avait un œil aussi bien sur la qualité des bois que des fûts. Et elle rendait visite aux clients avec les commerciaux. Son père Jacky est toujours le gérant de la SARL Allary. Cassandre et Gauthier se préparent pour l'avenir et les décisions sont prises à trois.

Le projet du frère et de la sœur est de poursuivre le développement de l'entreprise : acheter des terrains autour du site pour agrandir les surfaces de stockage et la taille des ateliers en conséquence, et veiller également à trouver de nouveaux clients, ce qui est plutôt la partie de Gauthier. L'export représente 40 % de leurs ventes, sur tous les continents, avec une prépondérance sur les USA, en particulier pour

le vin et un peu de brandy. En France 60 % du marché se divise en deux secteurs, 25 % pour les vins et 35 % pour les eaux-de-vie, ce qui nécessite de se fournir exclusivement en chêne dans différentes forêts : Tronçais, région du Limousin, les Vosges. La tonnellerie se tourne un peu vers du chêne américain venant du Missouri. En France, les arbres ne peuvent être abattus avant l'âge de 150 ans. Les mérandiers les achètent essentiellement auprès de l'ONF, l'Office national des forêts, qui assure la plantation de jeunes arbres afin de préserver ces forêts. Jacky se rend lui-même auprès d'eux et choisit sur pied les arbres qui entreront dans sa tonnellerie. Le mérandier ne garde que le bois de cœur pour le fendre et le transformer en merrains. Tout le reste part en bois de chauffage, rien n'est perdu. La tonnellerie s'est inscrite dans la démarche PEFC, qui concourt à la protection durable des forêts. Tous leurs fournisseurs doivent en faire partie. Cela consiste à couper les arbres en sève descendante, à l'automne, afin de préserver la faune et la flore alentour. Mais aussi refuser le bois de pays en guerre. À cela s'ajoute le respect de l'environnement et de la population.

Toujours au contact de la nature, Cassandre et son compagnon, Paul, aiment à pratiquer l'ULM à Médis en Charente-Maritime. Mais aussi la randonnée pédestre dans les Pyrénées. « Nous avons besoin de cette coupure du week-end » confie-t-elle.

Ainsi, Cassandre vit mieux ses lourdes responsabilités.

Elle est en charge du contrôle qualité à toutes les étapes de l'élaboration d'un contenant bois, fût ou tonneau et de la prévention des risques, liés à ces métiers de la tonnellerie. Les merrains sont réceptionnés dans un parc à bois dédié. Chaque lot est contrôlé, entreposé par catégorie et identifié par un numéro de lot. La traçabilité est nécessaire jusqu'au bout du processus de fabrication. La maturation à l'air libre dure environ vingt-quatre à trente-six mois pour les fûts, deux années de plus pour les grands contenants. Les palettes de merrains sont retournées en cours de cycle. Avant usinage, tous les merrains passent en cellule de déshumidification pour stabiliser leur taux d'humidité entre 15 % et 17 %. L'usinage consiste à transformer le merrain en douelle. Il faut ensuite assembler les douelles en cercle. Cette opération porte le très joli nom de « mise en rose ». On commence à voir à quoi va ressembler le fût. Il reste de nombreuses phases à accomplir. Mouiller et chauffer le bois pour arrondir ces douelles, les maintenir au fur et à mesure au moyen de cercles métalliques. Le feu est approvisionné par les

chutes de bois, afin de valoriser les déchets. Puis vient le bousinage ou « toasting ». Suivant les souhaits du client, la chauffe peut-être légère, moyenne ou forte, avec des ajustements. Six types de chauffe sont proposées par la tonnellerie. Le client peut également choisir son bois : grain fin, moyen ou gros grain. Des gammes différentes pour les vins et les spiritueux, à chacun sa barrique. Chaque poste de travail a une fiche retraçant le parcours du fût en accord avec le souhait du client. Et chaque salarié coche sur sa fiche dès qu'il a terminé sa part. Au milieu de cet environnement bruyant, de ces hommes très concentrés, Cassandre navigue avec légèreté, de sa démarche gracieuse d'ancienne danseuse. Elle ajoute sa présence au ballet de ces gestes précis, dans un rythme régulier, répétitif. Elle a pour ces hommes un œil bienveillant, veille à ce que chaque geste soit le bon. D'une part pour la qualité du fût mais aussi pour la sécurité de ses salariés. Il est important aussi que chacun puisse tourner sur plusieurs postes, afin de ne pas être monotâche et ainsi transmettre son savoir-faire. Les meilleurs tonneliers peuvent accomplir toutes les tâches. La tonnellerie Allary possède six titres de MOF (Meilleur ouvrier de France). Pour la sécurité, chacun est équipé de bouchons d'oreilles, de gants, de chaussures et de vêtements spécifiques. Cassandre a également un regard sur la maintenance des machines. Mais aussi sur la législation française quant à la sécurité alimentaire et du personnel. Pour cela, l'entreprise est labellisée ISO 22000. Un audit annuel est pratiqué par les services compétents. La tonnellerie s'est spécialisée dans les petits contenants de un à vingt-huit litres, pour les caves, les restaurants ou la demande de particuliers. Une jolie boutique est ouverte chaque jour.

Elle est là pour conseiller le client, orienter son choix. Elle souligne : « réussir un bon vin, un bon spiritueux, c'est aussi le point d'orgue de la confiance entre le client et son tonnelier ». Le secteur est porteur, comme pour tout produit de luxe.

D'un arbre, la main de l'homme en fait un fût, une véritable œuvre d'art, une sculpture. C'est beau à l'œil et au toucher. Il y a quelque chose de sensuel dans ses douces rondeurs.

Cassandre est fière de cette belle tonnellerie... à la française !

LE COUP DE CŒUR DE CASSANDRE

Vol au-dessus d'un nid d'îles !

« Paul et moi volons dans un ULM multiaxe. Un petit avion que nous utilisons pour faire des vols localement, sur la côte royannaise, ou pour des expéditions plus importantes.

Le plus beau vol que nous ayons réalisé est notre périple dans les îles de la côte Atlantique.

Partis durant l'été 2021 en direction de l'île d'Yeu, nous avons survolé le golfe du Morbihan.

Après une traversée d'une vingtaine de minutes au-dessus de l'océan, la mer était à perte de vue. L'horizon plongeait dans ce dégradé de bleus, où tout était calme.

Quand apparut l'île d'Yeu, à ce moment précis, j'ai eu le sentiment d'être privilégiée. Voir au milieu de l'océan ce bout de terre donne

une sensation de liberté. Nous avons survolé le tour de l'île pour nous positionner comme nous le souhaitions et profiter au mieux des différents points de vue. Une fois notre séjour terminé sur cette île, nous avons pris notre envol vers Belle-île-en-mer.

En avion, ce qui est magnifique, ce sont toutes les palettes de couleurs que nous pouvons voir : des couleurs franches et lumineuses lorsque nous sommes en après-midi ; des teintes pastel en fin de journée, lorsque le soleil commence à se coucher.

Il ne faut pas oublier que l'avion permet d'avoir des sensations. Le ciel est un grand terrain de jeu : « flirter » avec les cumulus, être en apesanteur. Et prendre les commandes apporte de nouvelles émotions : on est seul maître à bord ! »

Cassandre DAVID ALLARY

FRANCINE FORGERON – Paysanne

LES BOTTES COLLÉES À SA TERRE, ELLE A LE GOÛT DES AUTRES

Dix kilomètres. La distance qui sépare les deux vies de Francine Forgeron. Celle de son enfance et celle de sa vie de femme. D'année en année, de cercle en cercle, elle a agrandi son territoire, pour le faire découvrir, le raconter, le partager.

Elle naît à Éraville en Charente, en 1946, dans la maison de ses parents. De part et d'autre, des vies agricoles et viticoles depuis si longtemps qu'elle ne sait même pas à quand remonte la première génération. Elle est la plus jeune de trois enfants, que des filles. Aux côtés de leurs parents, toutes doivent travailler à la ferme familiale. Elle raconte : « Chaque minute devait être utile à la famille, à la ferme, à l'autre ». Élevage et polyculture se mêlent. Enfant, elle apprend ses leçons en gardant les vaches. En 1960, le certificat d'étude est son ultime diplôme. Le père estime qu'un enfant sur trois au collège, c'est bien suffisant. L'une de ses sœurs, la seconde, est l'élue. Les enseignants de Francine estiment qu'elle a des facilités. Le père ne cède pas. Elle confie : « Plus tard, je le remercierai. Il a compris que je ne voulais pas vivre enfermée ».

Elle ne savait pas ce qu'elle voulait faire, mais savait ce qu'elle ne voulait pas faire. Comme beaucoup de femmes de son temps : petite main dans un commerce, coiffeuse, fonctionnaire à La Poste, femme au foyer. Non, vraiment, elle ne s'y voyait pas.

Le dimanche, elle s'élance sur les pistes des bals locaux. Ce qu'elle aime danser ! En 1963, au cours de l'un de ces bals, alors que beaucoup de garçons la font virevolter, elle rencontre Michel. Quand il l'enlace, c'est pour lui demander des nouvelles de la ferme : comment sont les céréales, les vignes, comment vont les vaches. C'est... tellement romantique ! Il a une petite propriété au lieu-dit Chez Richon à Segonzac : trois hectares de vignes en Grande Champagne, deux hectares de terre, un cheval et un vieux tracteur. C'est déjà quelque chose. Au bras de ce garçon, Francine se projette. Elle voit enfin ce qu'elle peut faire de sa vie. Il a 28 ans, elle 19. En 1965, elle épouse cet homme et son projet de vie.

Chez Richon, où s'installe le jeune couple, les parents de Michel y vivent aussi. Pour Francine, la relation est difficile avec sa belle-mère. Elle dit tout ce qu'elle pense sans penser au mal que cela peut faire. Son beau-père lui propose solennellement de partir. Elle ne se voit pas les mettre dehors et habituée à la vie de famille, elle accepte ce vivre ensemble. Quant à Michel, il pense que cette toute jeune femme restera toujours un peu derrière lui, dans son ombre. Il se demande souvent si elle est capable d'accomplir telle ou telle chose : conduire un tracteur, remplir des documents. La « chenille » ne va pas ramper longtemps. Il lui faut beaucoup discuter, mais petit à petit elle s'oppose, s'affirme. Elle s'affranchit de cette domination maritale, patriarcale. Dans les vignes elle remplit largement son « contrat », à pied ou sur un tracteur. Dès le mariage en 1965, le couple acquiert un vieil alambic d'occasion, avec l'idée de distiller ses propres eaux-de-vie de Grande Champagne et les laisser vieillir à la propriété. Son projet est de lancer sa propre marque. Le temps de constituer un stock, la première mise en bouteille voit le jour en 1977. Francine crée des brochures, les distribue elle-même dans les offices de tourisme. Une salle d'accueil est aménagée dans la distillerie. Elle souligne : « En plus du travail dans les vignes, j'attendais le client ». Il est venu. Elle accepte de faire des dégustations à l'extérieur, ce qui lui apporte de belles ouvertures. Elle accepte tout, ne refuse rien, ne dit jamais non. La propriété s'agrandit, se transforme : 25 hectares de vignes, deux tracteurs, deux alambics, cinq chais remplis de barriques. Le « papillon » peut être fier, il a toute sa place aux côtés de Michel. Car il s'agit bien d'une histoire de famille. Trois enfants vont les accompagner

sur ce chemin: Isabelle, Christophe et Pierre.

En 1984, la première porte sur le monde, en dehors des vignes, arrive du Crédit Agricole de Segonzac. Elle y entre comme administrateur. Étant la seule femme, la fonction n'est pas féminisée dans sa terminologie. Michel n'en voit pas l'intérêt. Elle persiste et cela lui donne l'occasion d'un voyage à Paris. De ce jour, elle prend totalement son indépendance. Tout va aller très vite. En 1989, il lui est demandé d'intégrer le conseil municipal. Elle se présente et sa liste est élue. Parallèlement, elle entre à l'Association Touristique et Culturelle de la Grande Champagne (ATCGC). Elle participe à la création des sentiers de randonnées. Elle rédige les textes quand sa fille Isabelle illustre joliment les fiches. En 1990, elle entre à l'office de tourisme de Cognac. En 1992 est inaugurée à Segonzac la Maison de la Grande Champagne gérée par l'ATCGC. De vice-présidente elle devient présidente. En 1994, la structure évolue en Office de tourisme. Cette même année est organisée la Fête du Roy pour célébrer les 400 ans de la naissance de François Ier. Autour de ce projet, les gens prennent l'habitude de se réunir, de faire des choses ensemble, de participer à d'autres festivités régionales. Et de là, soutenu par l'énergie créatrice de Francine, naît un autre concept: les Nuits Blanches en Pays jaune d'or. Il permet de découvrir le patrimoine et l'histoire de cette région, au travers de saynètes interprétées par les gens du cru. Rejoindre chaque lieu se fait en voiture. Une véritable petite révolution qui rencontre très vite un succès fou.

Au sein de cette dynamique touristique régionale, Francine est devenue un visage, une personnalité familière et incontournable de ce territoire de Grande Champagne.

Elle n'en oublie pas pour autant ses chères vignes. Elle confie: « La vigne est celle qu'on accompagne toute une vie, chaque pied est

unique ». Alors, légère, libre, c'est avec amour qu'elle exécute tous les travaux de saison. Elle aime cette relation à sa vigne, cette simplicité de la nature. Elle s'émerveille d'un oiseau qui l'accompagne dans sa tâche du moment. Elle se retrouve en St Augustin : « Celui qui vit en harmonie avec lui-même ne connaît jamais l'ennui ». Sur les hauts des coteaux de son vignoble, elle aime cette solitude. Elle regarde, elle sent. Mais pour autant, elle n'est pas une « taiseuse », comme ces hommes de la terre. Dès qu'elle évoque sa région, son histoire, elle est d'une volubilité sans fin. Les mots s'échappent naturellement de sa bouche. Cette terre l'inspire tellement qu'entre les années 1984 et 2000, elle ne cesse d'écrire pour lui rendre hommage. Des poèmes en rimes, ou plutôt des fables. Il y a toujours une morale. Elle aime cette musique des mots. Le soir après la veillée et même tard dans la nuit, elle écrit des saynètes pour les Nuits Blanches en Pays jaune d'or. Tous les deux ans, le thème et le parcours sont différents.

Entre les vignes, l'accueil de la clientèle à la propriété, la mise en bouteilles et toutes ses activités régionales qui l'occupent au moins trois soirées par semaine, elle n'a vraiment pas le temps de s'ennuyer. Elle retrouve Michel, le maître de chai, le nez, au moment des assemblages. C'est elle qui vend, alors elle doit savoir ce que renferme chacun des flacons dont elle doit parler. Entre le raisin et le cognac, il y a tout un savoir-faire humain. En 1997, Pierre, le plus jeune fils, s'installe à la propriété et aide à sa modernisation. Christophe les rejoint sur le domaine en 2001. Tous les deux perpétuent les traditions familiales qui contribuent à la réputation des cognacs Michel Forgeron.

De 2020 à 2022, la situation de pandémie virale ne permet pas la réalisation des Nuits Blanches en Pays jaune d'or. Impossible de réunir 60 à 80 personnes autour de ce projet. Qu'à cela ne tienne, elle crée « les Folles de La Fontaine ». Elle embarque une famille sur ses terres de Folle Blanche, un des plus précieux cépages du cognac. Tout au long du chemin, trois kilomètres aller-retour, intarissable, elle conte et raconte. Elle berce ce groupe d'une lecture géographique et historique du paysage, sans oublier de nombreuses anecdotes. En haut du coteau, une dégustation de pineau est prévue, des jus de fruits pour les enfants et sa fameuse « Galette aux anis ». Puis la balade se poursuit par une visite de la distillerie et des chais.

Quand elle revient sur sa vie, si riche, elle a l'impression que ce fut une lutte perpétuelle, mais bon sang, qu'elle l'aime cette vie. Et elle n'en a pas fini.

Francine se fait philosophe et confie, « être libre et capable d'assumer les conditions de sa liberté ». Pour elle, tout est cadeau de la vie, et depuis des dizaines d'années, elle offre ce cadeau à tout un chacun et à sa région.

LA POÉSIE DE FRANCINE

Réconfortante nature

Comment peut-on être fatigué
Quand le printemps est là, si gai ?

Comment peut-on se plaindre et gémir
Quand les arbres commencent à reverdir ?

Comment peut-on être triste et las
Lorsqu' embaument muguet et lilas ?

Comment peut-on se sentir vieux et oublié
Quand on a l'amour et l'amitié ?

Juste un moment, arrête toi et oublie
Tes tracas, tes déceptions, tes soucis,
Et regarde la nature qui s'éveille
Sous la douce caresse du soleil.

Juste un moment, oublie le monde,
Les affaires et leur infernale ronde,
Et regarde l'oiseau qui s'élance,
L'abeille qui virevolte et danse.

Savoure cet instant de beauté,
Cette sensation d'éternité...
Où l'homme se sentirait bien petit
S'il n'était entouré d'amis...

Et retourne à tes occupations
En te posant une seule question :
Si elle n'était cette lutte permanente,
Ta vie, serait-elle aussi passionnante ?

Francine FORGERON

JULIE FOUASSIER – Œnologue et Vigneronne

UNE VALSE À TROIS TEMPS

Julie Fouassier ouvre les yeux à Barbezieux en 1993 et c'est une petite mélodie, celle du bonheur, qui la berce durant toute son enfance, dans ce lieu-dit « Bois de Maure » à Condéon.

Elle ne se voit pas quitter ces lieux, ces douces collines charentaises animées de bois, de prairies et de vignes. Sa famille est là depuis la nuit des temps, plus agricole du côté maternel, avec de la polyculture et un élevage de canards, plus viticole du côté paternel. Julie n'hésite pas un instant et son cursus universitaire va la conduire à réunir cette dualité, avec un penchant tout de même pour l'œnologie.

Après un BTS viti-oeno en 2013 à Angoulème, elle se lance dans une licence de biologie-biochimie au Mans l'année suivante. Puis descend à Montpellier pour y préparer un DNO (diplôme national d'oenologie). Durant cette période, jusqu'en 2016, elle effectue différents stages, notamment une vinification dans les Coteaux du Layon. Mais c'est l'opportunité de travailler dans un grand Château bordelais et particulièrement sur le millésime 2015, qui va lui apporter cette connaissance de la biodynamie. Les bases en sont la biologie sur le plan technique mais cela va beaucoup plus loin sur le plan « spirituel ». Ce n'est pas de la sorcellerie, c'est juste porter un autre regard sur sa terre dans un souci de ne pas l'exploiter, mais au contraire l'écouter, la respecter, la soigner, la comprendre comme un organisme vivant.

Au sortir de son DNO, sa première grande expérience professionnelle a lieu dans un vignoble provençal où elle est seconde de chai. Son objectif est de s'enrichir de nombreuses expériences pour mieux revenir à Condéon ; être suffisamment armée pour réaliser ce qui lui tient le plus à cœur, faire son propre vin dans cette parcelle familiale « Rouillebouc ». Pourtant, en 2017, quand elle revient s'installer en Charente, il n'y a plus rien, cette parcelle a été arrachée par son grand-père en 1980. Les terres sableuses sont pauvres mais Julie a une véritable fascination pour cet endroit : « C'est mon coin de paradis, faire du vin ici est mon rêve d'enfant ».

Le cognac la passionne aussi et toujours dans le but d'enrichir ses connaissances, elle frappe à la porte d'une maison de cognac qui ne l'initie pas seulement au cognac, mais aussi aux liqueurs et à de nombreux autres spiritueux. Peu après, une incursion au Syndicat des vins charentais lui permet de créer son premier réseau

de relations dans la région. Elle poursuit dans le cognac en 2018, en tant que maître de chai dans une petite maison, où elle s'émerveille d'un très beau stock de vieilles eaux-de-vie. Ce qui ne l'empêche pas, sur son temps libre, de faire ses premières plantations dans sa vigne « Rouillebouc ». En 2019 elle entre dans une des quatre grandes maisons de cognac, Courvoisier, en tant que technicienne vins et eaux-de-vie.

Cette année sonne la fin d'un premier parcours mais le début d'un autre où Julie va trouver tout son équilibre.

Tout au long de ce premier parcours Julie se rend compte qu'être femme et jeune ne lui ouvre pas de portes spontanément. Pourtant elle se sent parfaitement à sa place, grâce à un diplôme sérieux et à ses diverses et très riches expériences : « J'avais l'impression de bien maîtriser le tissu viticole ». Malgré tout, des recrutements lui sont refusés. Elle met cinq à six ans pour réellement trouver sa place, et son entrée chez Courvoisier, grande maison de cognac à l'esprit familial, va lui permettre de s'ancrer et de s'épanouir en tant que femme. Là, elle y est acceptée et respectée pour celle qu'elle est, avec ses compétences.

En parallèle, son projet personnel l'occupe le soir et les week-ends. En 2018 elle plante sa vigne, son petit coin de paradis de un hectare.

Elle veut produire du vin rouge et du vin blanc en s'appuyant sur des cépages atypiques et «oubliés», pour un lieu unique. Elle se tourne vers le charentais Chauché gris pour le blanc, Petit Verdot, Castet et Mancin pour le rouge. Ces trois-là sont en fait de vieux cépages bordelais qui pour la plupart ont été abandonnés après le phylloxéra. Le Castet et le Mancin sont des cépages charpentés, avec une belle acidité, qui autrefois avaient du mal à atteindre une bonne maturité. Ils peuvent aujourd'hui s'exprimer à travers le changement climatique pour produire à nouveau des vins de garde d'exception. En attendant de cueillir ses premières grappes, elle prépare le lieu de vinification et d'accueil de la clientèle. Une grange située au cœur du hameau familial, terrain de jeux de son enfance, est cédée par la famille. «Je veux la restaurer mais la garder dans son jus». L'authenticité est le leitmotiv perpétuel de Julie. Et pour travailler sa vigne dans le respect de sa terre, elle acquiert un cheval de trait Comtois, Cachou du Clouzot. Il a sept ans et est issu d'une entreprise viticole. «C'est un vrai vigneron» sourit Julie. Elle l'aime profondément, il est son lien avec sa terre.

A-t-elle encore du temps pour une troisième activité? Oui: en 2020, avec son conjoint Antoine, elle se lance dans une entreprise d'éco-pâturage. Cent moutons, des petits noirs de Ouessant pour la plupart et cinq ânes font office de paysagistes, tondeuses à quatre pattes, le tout divisé en six troupeaux qui sont loués à des collectivités et des entreprises.

Du côté des loisirs, on retrouve Julie à cheval, cavalière depuis toujours. Elle aime la randonnée mais pratique aussi le Trec, technique de randonnée équestre de compétition, avec son poney Haflinger. Ce qui la mène au championnat de France par équipe.

Décidément, derrière son beau et doux sourire, Julie cache une volonté et une énergie hors norme, elle ne sait rien faire à moitié.

Mais ce qui aujourd'hui lui tient particulièrement à cœur, c'est le moment de ses premières vendanges, probablement 2022. Et étudier les meilleures méthodes de vinification pour ses vins. Un vieillissement en vieux fûts est envisagé au départ. Julie veut produire un vin naturel, lui laisser révéler toute sa personnalité, alors pourquoi pas dans des amphores. Que d'interrogations et quel challenge !! À cette évocation les yeux de Julie brillent de mille feux.

Chaque semaine, du lundi au vendredi midi, Julie s'épanouit chez Courvoisier. Son rôle est multiple. Elle apporte des conseils pointus aux viticulteurs et distillateurs de profession. Elle est ce relais technique entre les livreurs et ladite maison. Elle adore ce relationnel. « J'aime échanger, je suis une bavarde, c'est très enrichissant ». Elle peut aussi encourager un viticulteur à rejoindre la grande maison. Mais ce n'est pas tout, Julie fait partie du comité de dégustation des eaux-de-vie, composé d'une dizaine de personnes au total. Ce n'est pas encore la parité mais il y a beaucoup de femmes tout de même. Ce comité sert à valider les eaux-de-vie entrantes et les assemblages. Il est important de noter que ce comité ne réunit pas seulement des techniciens viticoles, mais aussi toute personne de la maison, d'âges différents, intéressée par la dégustation. Chacune ayant reçu une formation en interne. Un autre regard ajoute à la richesse de la symbolique du moment partagé et du lieu.

Une fois rentrée chez elle, Julie se précipite vers Cachou et ils partent tous les deux à « Rouillebouc » pour travailler dans les vignes. Avant de se lancer elle s'était procurée tous les outils nécessaires au travail de la vigne, en complément de ceux de son grand-père. Elle lit beaucoup pour se documenter. Elle attelle son cheval suivant les préceptes de ses lectures et à l'aide de son smartphone envoie des vidéos sur les réseaux sociaux. De vidéos en vidéos, de conseils en conseils reçus d'ici et d'ailleurs, Julie et son trait Comtois progressent rapidement. Elle utilise à bon escient les techniques les plus modernes pour valoriser au mieux les leçons du passé. Une bonne condition physique est nécessaire, mais quand au bout du rang le vigneron Cachou effectue spontanément un virage parfait pour entrer dans le prochain rang de vigne, Julie plane, instant grisant, magique. Ils sont tous les deux connectés à cette terre et elle constate : « Le sol est beaucoup plus aéré, plus souple ». Que du bonheur !

Mais la semaine ne s'arrête pas là, il faut aussi s'occuper des tondeuses à quatre pattes. Le midi, quand un troupeau n'est pas trop loin du lieu de travail, le soir, en week-end, il faut aller voir comment se portent les bêtes. Vérifier qu'aucune n'est malade, voir à ce qu'elles ne manquent pas d'eau, s'assurer du bon état de la clôture. C'est à Julie et Antoine de gérer chaque troupeau.

Et la vie de famille dans tout ça ? Une petite fille et son grand frère, Liam et Judy, naviguent joyeusement dans cette vie nature.

Le quatrième temps de la valse s'appelle... Marcel, un petit gars né en décembre 2021. Un bonheur de plus !

LE COUP DE CŒUR DE JULIE

Parfums et lieux de l'enfance !

« Associée à ce lieu, mon enfance a été marquée par l'élevage de canards gras de mes parents et grands-parents. Notre table familiale accueillait également nos hôtes, afin de déguster les recettes de ma grand-mère : foie gras, magrets, confits. Tout était délicieux, difficile d'avoir une préférence. Aujourd'hui, j'aime y associer les arômes délicats des cognacs de la maison Courvoisier ».

« Très attachée à mes terres du Sud-Charente et à mon ancrage familial, je dois évoquer mon unique parcelle de vignes, « Rouillebouc », comme un lieu incontournable.

Niché au cœur des bois sur les hauteurs de Condéon, c'est un lieu sauvage et paisible à la fois. Ce havre de paix offre une vue imprenable aux alentours.

La cabane de vignes, restaurée en 2016 et 2017, reconstruction de murs en moellons, charpente en chêne, offre un abri lors de nos longues journées de travail. Mon temps libre lui a été consacré et nous pouvons désormais l'admirer, à l'ombre du vieux figuier ».

Julie FOUASSIER

FANNY FOUGERAT – Création, production, commercialisation

AUTEURE-COMPOSITRICE-INTERPRÈTE

Le contexte économique et social de son époque n'encourageait pas à un retour à la terre. Alors, « poussée à la porte » des Charentes pour lui laisser prendre son envol, elle y reviendra par la fenêtre, en ayant pris soin d'aller voir ailleurs si l'herbe était plus verte.

Une vraie Charentaise, Fanny Fougerat l'est par sa naissance et ses origines maternelles et paternelles. Des familles de vignerons et distillateurs. Née en 1979 à Saintes en Charente-Maritime, elle est élevée à Burie, dans le fief familial. Des jours heureux avec les copains et copines, des activités agréables entre musique et équitation. Durant toute son enfance, Fanny est tenue éloignée de l'univers de la vigne. En raison de la crise du cognac et comme le métier de paysan n'est pas bien vu, ses parents veulent l'éloigner de cette Charente. « À cette époque, le terme de vigneron était péjoratif », souligne-t-elle. Ce qui ne l'empêche pas d'aider aux relevages saisonniers et pendant les vendanges. De quoi se faire un peu d'argent de poche. En 1997, après son bac, elle part à Bordeaux pour y préparer un Master II de psycho-sociologie. Elle a envie de se tourner vers l'aide au développement. Son diplôme en poche, une ONG l'embarque six mois au Burkina-Faso et deux ans au Niger. Il s'agit de monter des projets durables en termes d'éducation et sur le plan sanitaire. Expériences fortes mais dures tout de même, à la suite desquelles Fanny ressent le besoin de retrouver ses repères. En 2006, retour en France, en Bourgogne, toujours au service de la collectivité, afin de monter des chantiers d'insertion pour des jeunes, les valoriser, les aider dans un retour à l'emploi. Mais la jeune femme se cherche, alors pourquoi ne pas apprendre l'anglais. La voilà partie en Irlande, où elle passe un an à faire des petits boulots dans la restauration. Le pays l'enchante, son anglais progresse peu. Elle rentre en France et cherche un emploi. Grenoble l'accueille. Elle s'occupe de tout ce qui relève de l'économie sociale et solidaire : aide, conseil, étude, diagnostic. Elle y reste quatre ans.

Sonne l'heure de la trentaine. Elle s'aperçoit que partout où elle se pose, elle parle toujours du cognac. Elle en cherche à Grenoble, n'en trouve que dans les crêperies, pour flamber les crêpes. Ce n'est, pour elle, pas une manière de valoriser un si beau produit. Au fond d'elle, la petite musique des Charentes ne l'a jamais vraiment quittée. « Je me sentais liée à cette terre », confie-t-elle. Après un bilan de compétences, elle décide de créer un projet autour du cognac, en informe ses parents. Ils n'y croient pas du tout. Alors en 2010, ses quelques économies en poche, elle part à Montpellier, finance un projet de reconversion professionnelle, prépare et passe avec succès un master en management de la vigne et du vin. Une formation itinérante, quinze pays sont visités pour étudier le vin et les spiritueux, de la production à la commercialisation. « Là, j'ai eu un déclic » lâche-t-elle. Toutes ses expériences lui ont donné la distance, la hauteur de vue nécessaires pour savoir comment elle allait reprendre le fil de sa vie. De retour en Charente, elle passe six mois dans une maison de cognac, juste de quoi lui laisser le temps d'élaborer son propre projet. Elle négocie avec son père Christian l'achat de son premier lot d'eaux-de-vie des Borderies. Mais plus un sou en poche, elle retourne vivre chez sa mère.

Elle a 33 ans quand elle pose ses valises et, cette fois, elle est sûre de ce qu'elle veut.

Malgré tout, elle se sent parachutée. Il lui faut reprendre ses esprits, réapprendre sa culture. La volonté et l'envie sont fortes mais elle n'a pas une compréhension claire de son environnement. D'autant plus que dans un premier temps, son entourage ne l'aide pas tellement. « Que connais-tu de la vigne, du cognac », entend-t-elle. Famille ou amis proches, personne ne comprend son projet. « Je ne suis pas prise au sérieux ». Elle tient bon, en parle à des gens de la profession, mais qui ne sont pas liés, proprement dit, à la terre : cavistes, distillateurs, maîtres de chai. Encouragée, elle veut construire son projet en apportant son propre regard. Aidée par un maître de chai, elle crée sa première cuvée, une eau-de-vie achetée à son père. Elle en réalise la mise en bouteilles en novembre 2013. Une date qu'elle ne peut oublier. Sa mère la soutient dans son projet, Christian reste en retrait et lui lance, « toi qui as voyagé, pourquoi reviens-tu ? ». Alors elle se débrouille seule. Les précieux flacons dans sa voiture, elle parcourt la France, les salons, la clientèle spécialisée : cavistes, restaurateurs. La chance lui sourit enfin par le biais d'une belle rencontre avec un distributeur

Cèdre Blanc   Iris Poivré   Petite Cigüe

réputé, qui n'a pas encore de cognac dans sa gamme. Il vient la voir à Burie. Elle a 15 fûts à lui montrer pour toute fortune. Il lui conseille de développer une gamme. En 2014, une autre belle rencontre et non des moindres, va changer le cours de sa vie. Bertrand est viticulteur sur les terres de Fins Bois, il devient son compagnon. Elle lui achète des eaux-de-vie, pour un joli commencement de gamme avec deux Borderies et un Fins Bois. Un bonheur ne venant jamais seul, une petite fille naît de son union avec Bertrand. Ce compagnon la ramène à la terre et son père la voit sous un jour nouveau. À ses yeux, Fanny a changé de costume, elle est en train de devenir une vraie Charentaise, de s'ancrer dans cette terre. Son père prend sa retraite et Fanny peut accéder à quelques hectares. Exploitation qu'elle reprend avec Bertrand en 2016. Ils réunissent leurs deux propriétés sous l'entité juridique EARL Le Pin, dont ils sont cogérants. Par quelques arrangements familiaux, elle agrandit le vignoble, côté Borderies. Les eaux-de-vie familiales ont toujours été vendues au négoce et elle n'a pas de stock de vieux cognacs. Fanny n'a de cesse d'innover et achète des vieilles eaux-de-vie pour lancer une nouvelle collection. Elle porte sur sa gamme un regard bien à elle et a

conscience de créer des cognacs en accord avec ce qu'elle aime et ce que recherche la clientèle d'aujourd'hui : des eaux-de-vie qui mettent l'accent sur la fraicheur, la délicatesse. Une légèreté toute apparente qui n'abandonne rien au développement aromatique.

Pour imprimer en elle ce terroir et la richesse des différentes parcelles, elle aime arpenter ses terres à pied, marcher, courir. Elle veut se cultiver sur l'histoire de ce petit « pays » des Borderies. Mieux le connaître pour le raconter, en être l'ambassadrice. « Plus que d'envisager de gros volumes, je veux incarner quelque chose », glisse-t-elle. Elle ne fait pas que courir. Elle danse aussi, a choisi l'art contemporain. Sentiment de liberté, lâcher prise nécessaire pour porter le poids de journées bien remplies.

L'aventure est en route et Fanny s'emploie à tracer son propre chemin.

Elle est heureuse à Burie, vit dans la maison de ses grands-parents maternels. Loin de Cognac, elle s'affranchit naturellement des codes classiques, d'une certaine culture... traditionnelle. Un « poids » dont elle veut s'alléger. Grâce au temps passé ailleurs et ses nombreuses expériences, elle porte sur cette région et son produit un regard neuf, libéré de son passé. Mais dans le plus grand respect de l'héritage qu'elle reçoit. Ses eaux-de-vie, elle les suit, les dorlote, de sa terre à la bouteille. Au cours de ses balades, elle regarde et écoute cette terre. S'aperçoit que le sol de chaque parcelle est de nature différente et en déduit que l'eau-de-vie sera différente. Chacune sera unique. Alors elle vendange, vinifie, distille et vieillit, parcelle par parcelle. Pas d'assemblage. Elle enferme ainsi dans chaque flacon la personnalité, l'identité, de chacun de ces petits morceaux de terre. Elle a trouvé sa voix, elle sera, « Cognac d'auteur ».

Bertrand ne quitte pas les vignes et accompagne Fanny jusque dans la distillerie. Elle est présente le temps des vendanges et des vinifications. Puis poursuit seule l'aventure, distille elle-même les eaux-de-vie qu'elle veut stocker pour son propre compte et les mener du vieillissement à la mise en bouteille. Dans ses chais, situés sur le lieu viticole, elle déguste chaque jour, c'est un entraînement. Elle aime ce temps de calme, de silence avec ses eaux-de-vie. Il faut aussi penser à leur habillage. Elle se tourne vers un designer et un imprimeur de la région de Champagne, qui a su traduire le regard très particulier qu'elle porte sur ses produits. C'est plus léger, plus féminin ?, plus « sauvage » peut-être. La marque de celle qui a vu du pays. Un autre regard.

Pour ce qui est de la mise en bouteilles, de la préparation des commandes et des expéditions, elles sont gérées par une entreprise extérieure. Fanny se consacre à sa terre et à ses eaux-de-vie.

Animer les ventes est aussi son cœur de métier. Créer un site internet vitrine et vendeur. Parcourir la France, pour épauler son distributeur. Aller porter la bonne parole, celle de son « pays » des Borderies. Ce marché représente 40 % de son chiffre d'affaires. Le reste est consacré à l'export. Elle parcourt seule le monde. Un voyage aux États-Unis se profile en 2022 et Fanny se souvient que son anglais n'est pas parfait. Alors chaque jour, elle écoute la BBC.

C'est dans la distillerie, tout à côté de son lieu d'habitation, qu'elle reçoit des groupes, sur rendez-vous. Elle a le projet de créer un vrai site de réception au plus près de ses vignes. Les envies, les idées ne manquent pas.

Fanny, nouvelle venue dans le monde du cognac, n'a pas dit son dernier mot !

LE COUP DE CŒUR DE FANNY

Les Borderies : gourmandise et bel endroit !

«Type 73» est à découvrir avec un Paris-Brest. Grand classique, quasi mythique, de la pâtisserie française. Le praliné, le crémeux, les notes de café, de noisettes et chocolatées, répondent à la douceur et l'onctuosité de ce cognac. De beaux amers voyagent dans le palais et rencontrent des notes de cacao, qui s'étirent... à l'infini !.

« Le petit coin que j'aime est un lieu-dit secret au cœur des Borderies. Chuut ! Le bien-nommé, « Bel Endroit ». Un lieu calme et serein, à l'abri entre les coteaux et les parcelles bordées de forêts. C'est aussi un lieu ouvert en balcon sur une grande partie du pays bas, couvert de mosaïques de parcelles de vignes, de champs et de bois qui découpent le terroir. Les pentes sont douces, la lumière y est enveloppante et brillante en toutes saisons ».

Fanny FOUGERAT

AXELLE GROSPERRIN – Caviste

L'ART DE RACONTER DES HISTOIRES

Lumineuse, à elle seule Axelle Grosperrin occupe tout l'espace, celui de La Cale, sa cave, son coin bien à elle.

Elle est née dans une famille sans attache particulière : ils sont cinq, le père, la mère et les trois enfants, très soudés, un ancrage solide. Chacun des trois enfants naît dans un lieu différent au gré des déplacements du père. Axelle choisit Joinville en Haute Marne, en 1983. La famille s'établit en Charente en 1989. Dans sa prime jeunesse, le père ayant eu l'opportunité de travailler dans des vignes, comme courtier en vins ou distillateur de fruits, développe une vraie passion pour les vieilles eaux-de-vie charentaises. Il commence sa carrière comme vendeur d'alambics puis devient courtier. Créer son propre business le titille, sa société voit le jour en 1992 et sa première mise en bouteille sous sa marque en 1999. S'il est peu présent pour sa famille, en perpétuelle recherche de petits lots d'eaux-de-vie bien particulières, la mère est attentive à ses enfants. Elle est artiste aussi et donne des cours de dessin. Axelle, la petite dernière, est sensible à ces deux univers. Quand le père rentre à la maison et évoque les arômes du cognac, elle s'en empare à sa façon : « Cela me donne envie de me parfumer ». Au lycée, elle choisit l'option Arts plastiques et s'initie au théâtre. Le bac en poche elle part à Nantes en 2001 pour suivre les cours de l'école des beaux-arts. Elle poursuit par une équivalence aux beaux-arts de Paris. Cet apprentissage de l'art est pour elle une construction intellectuelle, voire philosophique. Pourtant elle doit songer aux nourritures terrestres. Elle franchit les portes de la cave « La Fontaine aux vins ». Michèle, professionnelle mais femme simple et nature, trône parmi les cartons qui s'entassent dans sa boutique à l'ancienne, dans ce quartier Montagne-Sainte-Geneviève bercé par la culture populaire. Le jour, Axelle joue à la marchande et elle se frotte à cette clientèle de quartier, peintres et artistes de tous poils. La nuit la voit se faufiler dans l'atelier des beaux-arts pour y étudier et avoir la chance d'être adoubée par un artiste déjà reconnu.

Puis avec son compagnon, le père de ses deux enfants, Axelle part en Belgique pour y chercher un autre regard sur le travail et la culture. Elle travaille dans un bar à vins et chez un importateur de vins et spiritueux, mais continue de pratiquer le dessin au quotidien. « Je veux gagner ma vie avec quelque chose qui me plaît, dans un esprit d'esthétique, philosophique ». Retour à Paris en 2011 pour accompagner le père de ses enfants. Elle se présente à la Cave du Panthéon et parallèlement se forme à l'art du thé avec un Maître Taiwanais... une femme!

Axelle adore cette vie parisienne. Elle ne songe pas à la quitter. Pourtant, elle revient vers la Charente et le cognac en 2013 «pour dépanner» son frère Guilhem, qui a repris le business de son père en 2003. Pour le développer et le valoriser, en 2011 il acquiert des bâtiments datés 1850 situés en bordure du fleuve Charente, à Saintes. Parallèlement il crée une boutique de vins et spiritueux au sein de ces bâtiments.

Axelle trouve dans le monde du cognac une exigence égale à la sienne et elle va y rester avec ses deux enfants, Lazare et Basile. La voilà ancrée en Charente.

Entre Paris et les Charentes Axelle vit diverses expériences humaines. Quand, pour aider son frère, elle se présente dans les caves et restaurants parisiens pour proposer les cognacs maison, elle n'est pas prise au sérieux et se fait même rire au nez. «Pas seulement parce que je suis une femme mais aussi parce que je suis jeune». La jeunesse est souvent synonyme d'incompétence et quant à être femme dans une profession essentiellement masculine, quelle gageure! Mais c'est sans compter ce qu'elle a acquis au cours de ses études d'art. De fait, son discours esthétique transcende ses premières connaissances en vins et spiritueux, déjà elle rayonne, ce qui fait rapidement taire les plus dubitatifs.

À Saintes, un peu à l'écart du cœur du cognac, Axelle et son frère Guilhem travaillent à la fois côte à côte, la cave est juste à côté des chais, et l'un en dessous de l'autre, la cave est juste en dessous de la salle de dégustation. Axelle en acquiert une bonne connaissance du cognac. Avec son exigence et son regard bien à elle, elle a une grande appétence pour les spiritueux en général et en cela, va devenir l'interlocutrice naturelle auprès des clients. Les vins s'invitent également sur les étagères en bois et occupent une grande moitié de cette petite boutique intime, à l'ancienne. Axelle y a gardé une place pour la préparation

rituelle chinoise d'un thé Oolong. Ici tout a une histoire et personne n'ose plus contester d'une quelconque façon ses compétences.

Tout au fond de l'échoppe, un autre petit coin fait référence, celui où elle dessine elle-même les étiquettes pour reproduire en couleur le profil d'une eau-de-vie choisie par un client. À une palette d'arômes répond une palette de couleurs et de motifs.

Son temps libre, elle le consacre à la création de céramique et gravure, savourant le calme de l'atelier de sa maison saintaise. Créer est un besoin, un plaisir intime, charnel. Ses œuvres se retrouvent dans des livres qu'elle fait éditer en mini séries. Cette « agitation » artistique est essentielle à son épanouissement en tant que femme et lui permet de se construire très intimement dans un monde plutôt masculin. Et venant d'une famille déracinée, le cognac, tellement ancré dans ces terres des Charentes depuis plusieurs siècles, lui permet de consolider cette part féminine.

Qu'elle parle de ses produits ou de son art, son discours est riche, il vient du cœur.

Axelle tient La Cale, sa boutique à l'ancienne, du mardi au samedi. Le souvenir de Michèle y est très présent. Le cognac étant un produit très exigeant par son ancienneté, son histoire, sa production, sa commercialisation, c'est avec la même exigence qu'elle sélectionne sa collection de spiritueux et de vins. Rien ne rayonne sans la connaissance, que ce soit au travers des rencontres avec d'autres professionnels ou dans les livres. Ces rencontres se font à la boutique ou dans des salons professionnels. Avec les cavistes elle échange des idées, partage des expériences. Dans les salons elle rend visite aux vignerons et ne s'intéresse qu'à des vins très pointus, produits principalement de la façon la plus naturelle possible et souvent en biodynamie. « C'est une question d'éthique ». Lors de week-ends ou pendant les vacances Axelle aime aller voir les vignerons sur leur domaine, afin de mieux appréhender leur histoire et ainsi mieux parler de leurs vins. Il y a toujours chez elle une valeur humaine, sociologique, que ce soit vis-à-vis du producteur ou du client.

Le cognac, encore lui, est le catalyseur de ces rencontres. Il attire les vrais amateurs, professionnels ou non et Axelle en profite pour les ouvrir à tout son univers, qu'elle expose dans sa boutique comme une galeriste. Elle est aussi amenée à accueillir des groupes, pour des visites plus conventionnelles de sa maison de cognac.

La transmission, elle la conçoit en accueillant des apprentis qu'elle forme à son éthique, dans le sens de son esthétique, gourmand, visuel et philosophique.

Quand un client vient la voir pour acheter un flacon, elle veut tout savoir de lui, la raison de son achat, pour quelle dégustation, intime ou entre amis, dans quelles circonstances. Une fois qu'elle peut orienter le choix, elle laisse parler la petite musique de ses émotions quant aux flacons qu'elle recommande. Des gestes aussi accompagnent ce discours très doux, plein de cette certitude de sa connaissance. Sa sensibilité artistique lui permet de raconter de belles histoires. Axelle s'éclaire comme une jolie lampe que l'on vient d'allumer et qui illumine cet endroit bien particulier. Elle aime l'imaginaire des livres pour enfants et elle vous y embarque sur sa gabarre de vins et spiritueux.

Axelle dans son échoppe, c'est un peu Alice aux pays des merveilles !

LE COUP DE CŒUR D'AXELLE

Tentez l'expérience et laissez-vous séduire !

« Pour aborder le cognac et découvrir pleinement l'amplitude de ce spiritueux, je conseille de vous y frotter avec beaucoup de curiosité et vous propose une aventure singulière. Un verre de cognac à la main, jetez-vous à l'eau... avec modération ! Quand je dis un verre, je parle bien évidemment du verre tulipe. Bannissez tous les autres.

Un instant, faites fi du digestif, soyez créatif : pur, sur glace ou en cocktail. Un accord mets-cognac ravira vos amis. « Étonnez-moi Benoît ». Mais je vous invite à aller plus loin, à vous accorder un moment de gymnastique des sens, un moment dédié à la dégustation.

Invitez un petit groupe d'amis et que chacun apporte son flacon de cognac. Sortez vos verres...tulipe, j'insiste. Organisez une dégustation comparative. Voilà un moment singulier de pur plaisir.

Versez 1 cl de chaque nectar par verre. N'oubliez pas un verre d'eau, une gorgée avant de goûter l'échantillon suivant. Regardez, sentez, goûtez, décortiquez, analysez, changez l'ordre des verres. Distinguez, comparez, discutez. Vous verrez, beaucoup de choses vont s'éclairer. Les avis sont différents ?, normal, chaque palais a sa propre perception. Vous préférez celui-ci à celui-là ?, toujours normal, à chacun ses goûts. Pour vous aider à cheminer dans cette expérience appuyez-vous sur la roue des arômes, disponible sur le site du BNIC (Bureau National Interprofessionnel du Cognac).

https://www.cognac.fr/deguster/art-de-la-degustation/roue-es-aromes/

Soyez curieux, joyeux, amusez-vous. En se piquant au jeu, vous pourrez établir des thèmes, distinguer les terroirs, les viticulteurs, les catégories d'assemblages. C'est sans fin et tellement passionnant. Personnellement, c'est par ce biais que j'ai initié mes amis et mes connaissances.

C'est en ayant la tête à ce que l'on boit, à ce que l'on goûte, en accordant de la place au cognac, ce nectar emblématique de toute une région, que l'on s'émerveille. Et si ce jeu devient une quête, je vous invite à venir rencontrer les viticulteurs et négociants de nos belles Charentes. Informez-vous et ne boudez pas la lecture de quelques blogs de passionnés, pour quelques idées supplémentaires. Je recommande l'excellent travail de Valentin Audurier

www.horsdage.fr

Je vous souhaite à tous, de belles dégustations... avec modération ! »

Axelle GROSPERRIN

BÉNÉDICTE HARDY – Directrice export

LA FEMME DE CRISTAL

Sa vie est là, rue Basse de Crouin à Cognac, dans ce bureau magnifique, symbole de toute une famille dédiée au cognac depuis 1863. Bénédicte Hardy, cinquième génération, brille de sa présence et de ses mots, tout autant que les flacons de cristal couvrant les murs de ce bureau...royal!

C'est Angoulême qui la voit naître en 1957. Une enfance heureuse à Cognac, baignant dans la culture locale, où elle effectue toute sa scolarité dans les écoles religieuses. La famille paternelle a des vignes du côté de Chérac. Mais après la Première Guerre mondiale, le grand-père Armand décide de ne garder que la position de négociant et vend ses terres.

Bénédicte est intéressée par la littérature et les langues, elle passe donc un bac littéraire, option langues : anglais, allemand, espagnol. Pour la suite, elle se laisse inspirer par son oncle Francis qui effectue de nombreux mandats électifs. Entre autres, il sera maire de Cognac de 1979 à 2001. En 1974, elle s'inscrit à Sciences-Po Bordeaux et en même temps à l'université de droit. Sa maîtrise en poche en 1978, elle réussit Sciences-Po l'année suivante. Elle s'inscrit à l'ENA, une école que n'apprécie pas du tout son père, Jacques. Elle y reste trois mois, puis décide de prendre une année sabbatique. Elle se lance alors dans les radios libres, dont la fameuse « Feuille de vignes ». Mais elle a besoin d'espace, part aux USA en 1981 et s'inscrit à l'université Columbia de New York, dont elle réussit le concours d'entrée. Changement d'aiguillage, elle rejoint la Suisse pour s'inscrire à l'Institut des Hautes Études de Genève, ce qui lui permet de s'adonner à son sport favori, le ski. Elle se tourne vers le droit international et plus particulièrement, le droit maritime. Une fois diplômée, elle a l'opportunité de travailler dans différents cabinets. Mais la réalité de terrain ne la satisfait pas et la vie en Suisse est compliquée. Le temps de s'interroger, la Charente la rattrape. « Au fond, je suis une campagnarde convaincue » lâche-t-elle. En 1986, Bénédicte veut se recentrer sur le vin. Jacques, PDG de la maison Hardy, lui propose, « et pourquoi pas le cognac ? ». Ce à quoi elle rétorque, « mais je n'en bois pas ». Elle demande une semaine de réflexion. Ce père, dont elle est très admirative, propose de la former. Pas à la technique dans un premier temps, mais au monde des affaires. Bénédicte se laisse convaincre. « D'accord, mais alors ce sera les USA ». Lui aime moins ce pays, méfiant à l'égard de la lourdeur de sa distribution où, dans cet immense territoire, agglomérat

de différents états, rien n'est pareil nulle part. Il préfère la culture asiatique ou africaine et leurs mystères. Il ne peut la retenir et lui lance, « et bien, bon courage ! ». En juin 1986, elle entre officiellement dans la société des cognacs Hardy. Sa sœur Sophie, la cadette, artiste dans l'âme, y est déjà et s'occupe plus particulièrement de la création des packagings.

Bénédicte n'est pas prête à fonder une famille. Dorénavant sa vie va s'inscrire entre la Charente et les États-Unis. Là-bas, elle rejoint son ami Ludovic, à Houston. Lui est tourné vers le vin. Si « Béné » est musique classique et ski, « Ludo » est plutôt rock n'roll et surf. Ce qui ne les empêchera pas, plus tard, d'avoir deux enfants, Pierre et Caroline.

Bénédicte va embrasser sa nouvelle carrière avec l'enthousiasme de celle qui commence « son » aventure.

Elle s'intègre plutôt bien dans l'entreprise familiale, sans essayer de tout bouleverser. Elle sait qu'elle doit prouver sa légitimité. Son père s'est entouré de femmes à la quasi-totalité des postes. Il les trouve plus travailleuses, plus brillantes. Les grands marchés du moment sont l'Asie, l'Afrique. (Jacques en a une véritable fascination) et l'Amérique du Sud. Le Japon fait figure de marché phare. L'importateur de la place, M. Tanaka, recommande à Bénédicte de « rester à la maison ». Pas question. Pour elle, ce sera l'Amérique du Nord, le Canada et les Caraïbes. L'Amérique est et restera probablement toujours le marché de référence. Il y aura toujours ce petit goût de « ruée vers l'or ». Il faut y être, cela pose une maison, lui donne de l'importance. Qui ne tourne son regard vers cette Amérique, ses lumières ? Bénédicte en fait son cheval de bataille. Elle prend tout à bras le corps : le marché, les clients, les produits. Il lui faut créer et unifier la distribution. Elle doit faire des choix clairs pour l'entreprise. Ce territoire est tellement immense, à la fois un et multiple, culturellement, socialement, économiquement. Elle prend vite conscience que ce marché n'est vraiment pas facile. Elle comprend que pour fidéliser le client, d'est en ouest, du nord au sud, s'en faire un ami est vital. « J'ai de toute façon besoin de ce contact humain », confie-t-elle. Les importateurs, distributeurs et revendeurs sont tellement

sollicités. Alors, elle est sur le terrain trois à quatre mois par an, souvent plus. Et très vite elle va prendre sa vraie place sur ce marché. Son visage, sa personnalité si vive, brillante, vont crever les pages des magazines, professionnels ou non. Sans orgueil mais avec fierté, Bénédicte pense, « Je le vaux bien ! ». Elle constate avec grand plaisir que, sur l'échiquier professionnel vins et spiritueux, les femmes prennent de plus en plus leur place. Comme son père elle les trouve plus travailleuses, plus sérieuses, plus créatives, plus tenaces. Elle est de ces femmes-là.

Elle est continuellement dans une dynamique totale, que ce soit sur le plan professionnel ou personnel et culturel. Elle aime arpenter les villes, la campagne, se fait rat de musée. Elle court visiter chaque exposition, ici, là ou ailleurs et se rend à de multiples spectacles, concerts, théâtre. Nage tous les jours, va skier l'hiver.

Bénédicte croque la vie à pleines dents.

Chaque matin elle commence très tôt dans sa maison à Nercillac. D'abord les informations, puis elle dévore quantité de fruits avant de faire un brin de causette avec ses deux chats. Rituel immuable qui la fait arriver à son bureau de Cognac vers 8 h 30. Vite, elle allume son ordinateur, lit tous les messages arrivés la nuit, décalage horaire oblige. Elle entre en action. Tout pétille chez elle, le regard, les mots. Si elle doit être en contact permanent avec les clients, les fournisseurs et autres intervenants, très vite, elle va faire de ses carafes, du luxe, de la beauté, la référence incontournable de la maison familiale.

Avant l'arrivée de Bénédicte, l'entreprise s'était orientée vers une carafe cristal Daum, pour y enfermer et magnifier les précieuses eaux-de-vie du fondateur de la maison, Antony Hardy, gentleman britannique, « l'Anglais qui aimait les Français ». À tel point que très vite il va franciser son prénom, ce sera Antoine. Après de longues années passées en fûts, ces eaux-de-vie de cépage colombard et antérieures au phylloxera ont été logées en dames-jeannes en 1966. Elles sortiront de l'ombre en 1981, dans une carafe fine, délicatement travaillée, élancée, posée sur un plateau et accompagnée de quatre verres, le tout en cristal Daum. L'idée était de créer quelque chose de luxueux. À la dégustation des échantillons, les clients s'exclamaient « *it's perfect, absolutely*

perfect». Alors elle s'est appelée «Perfection». Le prix est élevé, 3.750 $, mais la clientèle étrangère est au rendez-vous. Tous les magazines en parlent. En matière de spiritueux, le luxe à la française est né et Bénédicte va surfer sur cette vague avec délectation. Elle ne veut plus créer que du luxe, cristal et porcelaine. Avec les plus grands noms. Ce sera Daum, tout d'abord, pour la collection de carafes représentant les éléments : l'eau, l'air, la terre, le feu. S'y ajoutera la lumière, inspirée par la Charente et ses ciels, célèbres pour leurs bleus si lumineux.

Elle veut aller plus loin, travailler sur de très beaux flacons en cristal de couleur, tout à fait innovant à Cognac. Dans un premier temps, elle essuie un refus de la part de l'héritière de Lalique. En 2010, elle rencontre le nouveau directeur et le nouveau propriétaire, Suisse. De cette riche collaboration va naître la collection des carafes « les quatre saisons ». Pour les collectionneurs. Bénédicte aime particulièrement cette clientèle, sensible à la beauté. Elle-même se prend de passion pour le travail des cristalliers. « Ces gens sont des trésors », souligne-t-elle avec force.

Quant à l'acheteur, elle l'approche pas à pas, jamais d'attaque frontale. Elle étudie ce qu'ils ont tous en commun, elle cherche l'ouverture. « C'est une véritable étude sociologique, un travail de terrain » précise-t-elle. Et pour tous ces acheteurs, elle ne veut que des produits rares, des lots limités. Chaque flacon doit raconter une histoire. Le gros du marché pour ces carafes de grand prestige se situe à Las Vegas. Elle a déjà d'autres idées en tête : Lalique toujours, Daum à nouveau, mais... chuut !

Les yeux brillants, Bénédicte conclut avec gourmandise : « On doit faire rêver ». Tout est dit !

LE COUP DE CŒUR DE BÉNÉDICTE

Vivaldi et Lalique... une évidence... tout comme Bourg-Charente !

« Les 4 Saisons », cet extraordinaire concerto baroque pour violon, a été la trame de notre étude et de la recherche faite avec la styliste de la cristallerie Lalique, Céline Dolet. Le Printemps, réveil de la nature et le vert tendre du bouchon tiare. L'Été dans sa plénitude dorée. L'Automne et ses promesses de récolte, le pourpre des feuilles de vignes au couchant du soleil. Enfin, l'Hiver, le froid, la glace, ses teintes bleutées, délicates et fragiles.

Ces 4 Saisons de Lalique renvoient naturellement au génie du compositeur italien, Vivaldi, dont la musique est un hymne au cycle éternel de la nature ».

« Bourg Charente est le village que j'aime faire découvrir à nos visiteurs. Le fleuve Charente, majestueux et calme, a permis au cognac de rayonner dans le monde entier. François 1er, déjà, disait à son propos, « c'est le plus beau ruisseau de mon royaume ». Il alimentait en vivres et denrées en tout genre la ville de Rochefort, que Vauban aménagea pour concurrencer les grands ports nordiques. Je ne sais ce qui dans ce lieu me touche le plus : son église romane exceptionnelle, son joli pont ou l'harmonie des maisons de ce village. Sans oublier le château, superbe sentinelle du XVIIe siècle. À coup sûr, cet endroit m'émeut et mérite le détour pour les amateurs d'histoire et de bonne chère. Rendez-vous au Restaurant La Ribaudière ».

Bénédicte HARDY

GÉRALDINE LANDIER – Gérante

LE COGNAC N'A PAS DE FRONTIÈRES

Charente, quand tu nous tiens. Elle s'est étourdie de projets, d'expériences, de voyages. Et pourtant, à 40 ans, elle est revenue sur les terres qui l'ont vue naître, mais pour y créer du lien avec... l'ailleurs !

C'est à Cognac que Géraldine Landier ouvre les yeux en 1979, de pure origine charentaise. Une enfance à Cors de Foussignac. Deux grand-mères pour l'aider à grandir dans le bonheur et les valeurs du travail. La Paternelle, issue de la viticulture, lui enseigne les petites choses de la vie, de la terre et l'emmène dans les chais le temps de la mise en bouteilles. Géraldine soutient cette grand-mère dans tous les projets liés aux cognacs maison. La Maternelle, femme atypique pour son temps, très instruite, est le bras droit de Jean Garandeau, le patron des carrières du même nom, exploitées pour fournir des matériaux de construction. Un père très pris par ses propriétés viticoles. Une mère enseignante, indépendante, pour qui le salut d'une vie passe par les études et aller découvrir le monde. Géraldine ne se fait pas prier. Après son bac en 1997 et des idées sur le développement durable, elle se lance dans une licence de géographie à La Rochelle. Puis à Bordeaux, elle intègre le CERVIN (Centre d'Études et de Recherches sur la Vigne et le Vin), pôle d'excellence pour ses formations. Là, ses deux univers se rejoignent, la vigne et l'environnement. Son mémoire la conduit cinq mois en Nouvelle Zélande, pays qui s'appuie sur des notions de terroir, d'appellation d'origine contrôlée. Ses recherches s'effectuent à la faculté et sur le terrain dans les vignobles. Retour à Bordeaux pour y préparer son Master II, droit-économie-gestion, dans la filière viticole, qu'elle obtient en 2003. Puis elle part en Angleterre, à Birmingham, pendant deux ans, travailler chez un petit négociant où elle s'occupe des ventes et du marketing. C'est son premier vrai travail, qui lui donne le goût de la liberté : « J'ai l'impression de découvrir la vraie vie ». Et elle ajoute, avec un naturel désarmant : « Ce n'est que le parcours normal des jeunes d'aujourd'hui » !

Se fait toutefois sentir le besoin de retrouver sa famille, ses amis, sa culture, sa météo, l'art de vivre à la française. « J'avais le mal du pays » glisse-telle. Si elle rentre en France, le temps d'aller embrasser tous ceux qu'elle aime et veut revoir, c'est à Paris, en 2005, que Géraldine pose ses valises durant treize ans. Elle veut découvrir le monde des vins mais surtout des spiritueux. L'opportunité lui est offerte de franchir les portes de la Maison du Whisky. Après quelques mois

au poste d'administratrice des ventes, l'envie de voyager la titille à nouveau. Lui sont alors confiés la distribution et le développement des whiskys japonais Nikka sur l'Europe. Son goût des voyages est comblé, la découverte du Japon et de sa culture la passionne. Grande aventure qu'elle mène jusqu'en 2019. Cette année sonne l'heure de son retour en Charente. Géraldine reprend la société de négoce familiale, la SARL Remi Landier. À son frère est dédiée la société agricole et ses 100 hectares de vignes dans les Fins bois.

La voilà en Charente, à Rouillac, des projets plein la tête. Quarante ans, il était temps !

Malgré de solides études et de nombreuses expériences, elle ne veut pas tout bouleverser. « J'ai encore beaucoup à apprendre », confie-t-elle. Son père Jean-Yves est encore très présent, également quelques salariés aux compétences incontestables. De générations différentes, pas toujours du même avis, il peut y avoir quelques tensions entre Géraldine et son père. L'un et l'autre essaient de ne pas y accorder trop d'importance, l'essentiel étant que le tout fonctionne. Très vite, Jean-Yves lui laisse son bureau, un symbole qu'elle apprécie à sa juste valeur.

Géraldine a un homme dans sa vie. Elle le rencontre pour la première fois à la Maison du Whisky en 2006. Au premier regard, Alexandre est terriblement… « agaçant ». Tellement brillant, de grandes études, Sciences-Po, entre autres, et aussi grand expert en spiritueux. Il fait des conférences et écrit dans des magazines spécialisés. Quelques années plus tard, en 2010, elle se laisse séduire. De cette alliance naît une petite fille en 2020. Le couple se recentre sur la famille, la région, son environnement. Et de là, se profilent deux grands projets.

Le premier est de revoir toute la gamme des cognacs maison, assemblages et packaging. Géraldine ne s'interdit rien. La société de commercialisation a la position de négociant et lui permet de rechercher les eaux-de-vie de son choix, quel que soit le cru. Les fins bois de la famille, pourquoi pas, mais pas nécessairement. À condition de revendiquer ce cru sur les étiquettes « Appellation Cognac Fins Bois Contrôlée ». Dans les chais, le nez dans les fûts et les éprouvettes, on retrouve Géraldine et son père. Ils veulent aussi agrandir l'ensemble de la gamme des spiritueux, rhums et whiskys. Les produits sont proposés sur site, à la cave, le Chai 27. Des vins s'invitent également sur les étagères, vins français et vins du monde.

L'autre grand projet est terriblement innovant. Faire vieillir des spiritueux, cognacs, rhums, whiskys, pour des personnes qui souhaitent les commercialiser, en créant leur propre marque. Leur proposer un produit clé en main, prêt à la commercialisation. Pour cela, il faut s'appuyer sur l'unique et exceptionnel savoir-faire cognaçais en matière de vieillissement. Besoin d'espace, un chai dédié à cette activité est en cours d'étude. Ce projet a vu le jour en 2021 et un whisky des tropiques a fait office de cobaye. Il est déjà proposé à la boutique et se développe à l'international.

Toujours en recherche de nouveaux produits, Géraldine et Alexandre voyagent beaucoup pour visiter et découvrir des producteurs. Ils allient le côté professionnel à un peu de tourisme. Ils aiment particulièrement plonger dans les eaux turquoises et transparentes des Caraïbes.

Entre famille et un travail riche et intense, Géraldine n'a pas de temps pour d'autres activités. Elle se nourrit et s'épanouit de toutes ses expériences et projets.

Au gré des urgences du moment et des saisons, son rôle est multiple. Gérante de la société de commercialisation, Géraldine endosse trois fonctions principales, commerciale, marketing et maître de chai, ce qui la conduit à s'occuper des achats, solides et liquides : matières sèches (bouteilles, étiquettes, bouchons, coffrets, cartons, etc...) et eaux-de-vie. La position de négociant lui offre une

grande souplesse quant à la gestion des stocks. En visite chez les viticulteurs, elle est consciente que ce monde est essentiellement masculin. « Je suis la fille de, le second couteau », rit-elle. Elle ne perd ni son calme, ni son sourire et choisit avec tact les eaux-de-vie qui lui plaisent. Dans les chais, avec son père, elle entrepose, réduit, assemble, goûte, embouteille.

Elle est peu à la boutique. Du personnel très compétent est aux manettes, sommeliers de métier. Elle est, toutefois, plus présente au moment des fêtes. Le Rouillacais, noeud rural, draine une clientèle locale.

Pour La Palène qui exploite le centre culturel, Le 27, Géraldine se fait mécène, elle intègre le Conseil d'Administration. Elle fournit ses produits quand des cocktails sont organisés.

Sur le site du Chai 27, quatre fois par an est organisé un apéro-concert. Le billet donne accès à une combinaison d'une dégustation liquide et solide à la cave, et un spectacle à La Palène. Toujours quatre fois par an, un dîner-spectacle est organisé à l'excellente « Auberge des Fins Bois ». Un vrai sens est donné à tous ces évènements, cela crée une belle dynamique agro-culturelle et attire une clientèle nombreuse et fidèle.

Géraldine sponsorise les Sarabandes de Rouillac. Dès les premiers jours de l'été, trois jours de déambulation sont organisés dans différents villages alentour pour y découvrir de nombreux spectacles : arts plastiques, arts de la rue, théâtre, concerts. Chaque année le succès est au rendez-vous.

La cave du Chai 27 est une vraie dynamique de ce pays rouillacais.

Mais Géraldine n'aime rien tant que s'évader à l'autre bout du monde pour y dégotter l'eau-de-vie, rhum ou whisky, qui va la bouleverser, réjouir ses papilles et faire briller ses yeux. Et la rencontre avec un produit c'est aussi une rencontre humaine, la découverte d'une autre culture. L'aventure, toujours l'aventure !

LE COUP DE CŒUR DE GÉRALDINE

Cognac et artisanat d'art, des savoir-faire uniques !

« Je souhaite mettre en avant un partenariat historique que nous avons avec notre souffleur de verre. Son travail est exceptionnel et devient de plus en plus rare.

Je veux valoriser ces savoir-faire uniques qui tendent à disparaître, et qui sont de véritables trésors au sens patrimonial dans notre écosystème.

Un peu de lumière sur ces métiers me semble très important, et le cognac, par sa dimension «industrie du luxe» doit se faire l'étendard de ces métiers d'art. Ils gravitent autour de nos productions, au même titre qu'une maison comme Chanel, qui a sauvé beaucoup de métiers d'art inhérents à la couture.

Je suis particulièrement attachée à l'artisanat d'art, qui résiste à l'industrialisation et à la mondialisation dans des ateliers indépendants. Au début des années 80, mon père avait lancé une collaboration avec Allain Guillot. Meilleur Ouvrier de France, devenu très vite un artiste reconnu dans le monde entier à travers ses sculptures de verre. Cette coopération a donné naissance à un produit emblématique, dans un flacon unique : le cognac RÉMI LANDIER XO ARTISANAL.

Depuis, j'ai renforcé ce partenariat avec Frédéric Guillot, le fils d'Allain, souffleur de grand talent, pour mettre son art au service de notre savoir-faire de maître assembleur. Je partage ainsi cette passion et perpétue, entre autres, la confection du flacon de la Maison Landier. Je tente également de développer davantage de projets avec leur Atelier des Verriers, installé en Dordogne à Issigeac. Virtuoses du soufflage à la volée, les Guillot sont des explorateurs du verre, experts au service de l'archéologie, et créateurs contemporains. Pour mes eaux-de-vie, ils confectionnent des flacons uniques, qui magnifient les cognacs rares et exceptionnels qui y sont logés.

Géraldine LANDIER

LUISA MARQUES DEL'ARCO RICARD

Responsable Achats et Production

UN RAYON DE SOLEIL SUR LE FOUCAUDAT

Quand elle parle, on dirait qu'elle chante. Quand elle marche, on dirait qu'elle danse. Il y a de la samba dans l'air.

Luisa Marques Del'Arco Ricard se présente au monde en 1988 à Bebedouro, dans l'État de Sao Paulo au Brésil. Cette région, reconnue pour ses plantations d'orangers, où la famille possède une des propriétés fruitières, est appelée la Californie brésilienne. Dans les années 2000, le gouvernement oriente différemment la production locale et la plupart des plantations d'orangers se transforment en plantations de canne à sucre, pour produire du bioéthanol. La famille de Luisa suit cette tendance. Seules subsistent quelques plantations fruitières, tournées exclusivement vers la production bio.

D'une famille avant-gardiste, Luisa est envoyée très jeune aux USA, dans le Wisconsin, pour y passer son bac. Elle n'a que dix-sept ans et est logée dans une famille d'accueil. Cette première expérience à l'étranger lui donne le goût de l'aventure et des voyages. Elle lui ouvre l'esprit vers d'autres cultures. En 2006, elle revient au Brésil pour préparer le concours d'entrée à l'université «Estadual Paulista» de Sao Paulo, qu'elle intègre en 2008. Elle envisage de se former à la gestion d'entreprise et le commerce international. À partir d'un projet étudiant personnel, financé par une bourse, l'opportunité lui est offerte de poursuivre ses études en Autriche. Son but est de développer son projet pour le mettre en place au Brésil. Mais c'est à Vienne qu'elle rencontre l'homme de sa vie, Nicolas Ricard et, plus rien ne va aller comme prévu. Héritier d'un domaine viticole-metteur en marché, à Juillac-le-Coq en Charente, Nicolas souhaite y revenir à la fin de ses études de commerce. C'est un projet Erasmus qui l'a conduit en Autriche.

Alors que Luisa avait choisi l'option «français» aux USA, elle n'ose pas s'exprimer dans cette langue. C'est l'anglais qui les réunit. S'ensuit pour les deux un ballet de voyages et d'allers-retours France-Brésil jusqu'en 2012, année où chacun termine ses études, détenteur d'un Master II dans sa spécialité: gestion d'entreprise, commerce international, marketing. Nicolas choisit le Brésil pour l'examen final.

Le jeune couple envisage d'autres voyages, d'autres expériences, mais la santé du père de Nicolas le ramène plus vite que prévu en

Charente. Nicolas rentre en France fin 2012 et Luisa arrive en août 2013, le temps de faire tous les papiers pour être en règle afin de venir travailler en France.

Ils se marient en Charente en 2014, puis au Brésil en 2016. « Là-bas on fait une grande fête », sourit Luisa, des étoiles encore plein les yeux.

Nourrie de sa culture des orangers et de la canne à sucre, elle a hâte de découvrir le monde du cognac.

Luisa se glisse naturellement dans cette famille charentaise où elle est généreusement accueillie. Une chose néanmoins l'irrite quelque peu : cette manie qu'ont les Charentais, pense-t-elle, mais les Français en général, de se plaindre. Elle souligne : « Au Brésil, quand on a un problème, on y fait face et rien ne nous arrête pour faire la fête ». Choc des cultures. Et elle se rend compte que travailler en famille n'est pas toujours facile. Elle trouve pourtant en Martine, la mère de Nicolas, et « Tati » sa grand-tante, un grand réconfort familial et professionnel. Tati est d'origine espagnole et tout comme Luisa elle a ce côté très chaleureux, « soleil ». Et Martine, elle, est le pilier de cette maison, toujours présente, quoi qu'il arrive.

Un vrai challenge attend le jeune couple. Faire tourner une propriété de 25 hectares, située au cœur de la Grande Champagne. Rénover la marque de cognac familiale et la développer en Asie. Restaurer les bureaux et créer un lieu d'accueil pour les clients, une belle salle de réception. Tati abandonne le salon de sa grande maison au projet. Mais il reste tant à faire.

Luisa se rend vite compte de la richesse culturelle qu'offre ce monde du cognac et elle le vit comme des portes qui s'ouvrent à elle, au fur et à mesure des jours

et des mois qui passent. Sa sensation première est sensorielle. En poussant les portes des chais, elle est saisie par les odeurs, les arômes du cognac, sa couleur aussi. Elle aime cuisiner, elle s'amuse à jouer des accords. Puis, il y a ce savoir-faire unique, qui emporte un produit tout autour du monde. Par ailleurs, s'étant inscrite à des cours de peinture aux beaux-arts de Sao Paulo, le temps de ses études au collège, elle est très sensible à l'esthétique du produit. La beauté du packaging l'émerveille, comme toute la créativité qui gravite autour du cognac. Nicolas l'accompagne dans cette découverte. Il est lui-même très artiste, il a le goût du beau. Son père fut antiquaire durant quinze ans. Et le cognac participe à cet art. La dernière porte est celle des rencontres. Une telle énergie, une telle passion réunissent tous ces gens, amis, clients, fournisseurs, autour du produit. Luisa se sent électrisée par toute cette richesse culturelle.

Les week-ends, le jeune couple monte à Paris pour ne rater aucune exposition, aucun musée. En 2020, une idée germe dans leur esprit. Pourquoi ne pas créer une galerie à Juillac-Le-Coq. Après réflexion, déplacer la mise en bouteilles semble être la meilleure solution. La famille donne son accord et le rêve devient réalité en juillet 2021. Le chai de mise en bouteilles est totalement rénové, tout en conservant son côté industriel. Chaque œuvre est parfaitement mise en lumière. Des fauteuils confortables sont installés pour s'asseoir un instant, prendre un café, deviser. Sans oublier la musique. Moment de plénitude. Cet immense espace expose un peintre charentais, Julien Drevelle. Luisa et Nicolas sont plutôt tournés vers la peinture contemporaine. « Notre but est d'accompagner, soutenir des artistes de leur vivant » précise-t-elle. Ils ne s'interdisent aucune ouverture quant à accueillir d'autres artistes : français, brésiliens, ou autres.

D'art en art, Luisa trouve vraiment sa place, ici, en Charente.

Deux entités juridiques pour gérer cette propriété familiale : une SCEA pour la partie viticole, le Domaine du Foucaudat et une SARL pour la société commerciale, Euro-Négoce. Habitant Cognac, Luisa rejoint le lieu-dit Le Foucaudat à Juillac-le-Coq en voiture, chaque matin de la semaine.

Quand elle rentre en France en 2013, sa toute première mission est d'importance, puisqu'il lui faut accompagner, épauler Nicolas dans le développement des cognacs en Asie. Les produits sont déjà bien présents aux USA. Non seulement les cognacs mais aussi leur vodka, spiritueux moins prisé en Asie. Le couple voyage plusieurs semaines dans différents pays de la zone Sud-Est asiatique et se fait connaître par le biais de salons. Luisa entre dans le vif du sujet, par la grande porte. Pendant ce temps, en Charente, Martine, la mère de Nicolas, est aux manettes des deux entreprises, viticole et commerciale.

À son retour, Luisa se voit confier les matières sèches : bouteilles, étiquettes, coffrets, cartons d'emballages et autres. Cela lui convient bien. « Je suis très organisée », dit-elle. Elle est chargée de rechercher les meilleurs articles pour valoriser au mieux les produits maison. Cela nécessite aussi des qualités de négociatrice. À réception, elle doit contrôler la qualité irréprochable de chaque livraison, ce qui l'amène naturellement à gérer le planning des commandes et de mise en bouteilles. Gestion du personnel et gestion financière font également partie de ses attributions. De son côté, Nicolas est en charge de la commercialisation des produits. Il est aussi le maître de chai. C'est ensemble qu'ils reçoivent les clients et continuent de voyager. Leur clientèle est 100 % export.

Pour la bonne marche globale de l'entreprise, chaque semaine, Luisa organise deux réunions : l'une avec la direction, Nicolas et Martine, l'autre avec le personnel.

La galerie de peinture, Arco Tempo, est ouverte tous les jours sur rendez-vous. Luisa et Nicolas ont beaucoup de plaisir à s'y retrouver, entourés d'amis, de clients. Contempler, mais aussi s'asseoir, échanger, le plus souvent un verre de cognac à la main. Un grand moment de rencontres, de partage.

La première exposition des œuvres de Julien Drevelle, une centaine de différents formats, rencontre rapidement un vrai succès. Les ventes sont au rendez-vous.

En 2021, Luisa et Nicolas ont rejoint la Confrérie des Arts et des Lettres en Cognac. Une occasion de plus pour le jeune couple de faire des conférences sur l'art pictural, quelle que soit l'époque.

Dans tout cet univers, art pour art, Luisa est ce rayon de soleil, venu du Brésil, qui illumine ce coin de Charente.

LE COUP DE CŒUR DE LUISA

Des goûts et des couleurs !

Pour moi, le cognac est aussi passionnant que le monde des arts, et il y a quelque chose de magique lorsque ces deux univers se rencontrent dans un même lieu.

Rien n'est plus agréable que de s'installer confortablement pour profiter d'une exposition de tableaux en compagnie d'une belle eau-de-vie de cognac. C'est une invitation à découvrir les multiples facettes de la notion de « temps long », par l'assemblage de nos sensations visuelles, olfactives et gustatives.

Je vous recommande volontiers de tenter l'expérience à la Galerie Arco Tempo, située au cœur de notre maison familiale de négoce :

Galerie ARCO TEMPO
Le Foucaudat
F-16130 – Juillac Le Coq
galerie@arcotempo.art
+33 (0) 645 34 06 27

Luisa MARQUES DEL' ARCO RICARD

ÈVE MORALES RECHOU – Distillatrice

DE L'AMOUR EN TOUTES CHOSES

Comme elle aimait ce que son grand-père paternel susurrait à l'oreille de ses petits-enfants : « Ici, c'est votre terre ». Où ? À Angeac-Champagne en Charente, le berceau de la famille Réchou. Cette petite musique, très vite, elle l'a faite sienne.

Ève Morales Rechou arrive au monde en 1975 à Saintes. Une enfance très heureuse à Angeac. Sa maison se trouve juste à côté de la propriété viticole familiale, où elle vient prendre son goûter chaque après-midi. Le Logis d'Angeac fut offert à sa grand-mère paternelle pour son mariage, juste après la guerre. Une propriété en polyculture, vignes et tabac, qui très vite deviendra totalement viticole, un de ces beaux domaines typiques de la Grande champagne, en cour fermée. La maison de maître se situe tout au fond, bien centrée, enserrée dans ces bâtiments agricoles et viticoles, avec un superbe portail daté 1882. Ève aime cette terre, ce tas de cailloux calcaire. Elle ne rêve que d'une chose : y vivre. Après un bac scientifique en 1992, alors que le cognac est en pleine crise, son père Alain n'est plus très enthousiaste pour qu'elle revienne sur ses terres. Elle se lance alors dans une première année de médecine. Là, elle rencontre Pierrick, celui qui deviendra son mari et le père de ses trois enfants. Elle poursuit par une deuxième année en biologie. Ayant une envie folle de voyager, elle passe une licence en Angleterre dans la même spécialité, puis une maîtrise en Californie, à Berkeley. Cette grande ouverture sur différentes cultures lui permet aussi de visiter des domaines viticoles. De retour en France en 1996, elle s'inscrit à la faculté d'œnologie de Bordeaux pour y préparer un DNO (Diplôme Nationale d'Oenologie), qu'elle passe avec succès. Un peu surprise et déçue tout de même que seulement deux heures de cours soient consacrées au cognac. Elle a la chance de travailler dans un très beau domaine dans l'appellation Pessac Léognan. Riche expérience. Là, elle apprend à faire un bon vin « Je m'en occupais comme de mon bébé », dit-elle.

Ève et Pierrick se marient en 2000, mais lui ne finit ses études de radiologie qu'en 2004. Il part à Tahiti. Elle le rejoint à l'Ile de Pâques puis ils se retrouvent tous les deux à Tahiti. Elle est émerveillée par ce pays, son peuple, ses couleurs. Le jeune couple envisage d'adopter un bébé tahitien. Ils reviennent en Charente le 23 décembre 2004 avec une belle petite fille dans les bras, Constance. Un magnifique cadeau de Noël.

La petite famille loge chez les parents d'Ève, cette maison juste à côté de la propriété viticole, où il y a toujours cette merveilleuse grand-mère paternelle, appelée Nan. Pierrick prend un poste de radiologue à Cognac. Et là, tout va très vite : les rôles sont distribués. David, le frère d'Ève, après des études viti-oeno et de gestion d'une exploitation, est en charge du vignoble : 120 hectares de ces belles terres de Grande Champagne. De son côté, elle fait ses premiers pas dans la distillerie, auprès de son père Alain. « Dès le début, je ne voulais pas quitter mon père », souligne-t-elle. Voilà qui est fait.

Le début de sa carrière professionnelle se fait en douceur, elle est prête pour l'aventure.

Ève doit tout d'abord en passer par la gestion administrative d'une distillerie, la comptabilité matière, ce qui ne l'intéresse pas beaucoup. Elle est plutôt sensible à l'humain, aux contacts. La maison Réchou est bouilleur de profession. Il est donc important de rendre visite aux viticulteurs. Elle se lance, mais l'accueil est plus que mitigé : « Je suis la fille de..., et en plus, une femme », souligne-t-elle. Le regard de ces hommes de la terre, ces taiseux, est peu amène. Cela va prendre un peu de temps mais ils vont apprendre à se connaître, s'apprivoiser, à la fois Ève, les viticulteurs mais aussi les gens du négoce. Elle parle de vins, ils parlent de vignes. Chacun va devoir faire un pas, l'essentiel est d'avoir envie de bien faire. L'important, c'est le produit final qui va satisfaire toutes les parties en présence. Si Ève reçoit un bon vin, par le « miracle » de la distillation, elle pourra offrir une belle eau-de-vie au négoce et le viticulteur en sera récompensé : son eau-de-vie sera primée. « C'est un travail d'équipe » précise-t-elle.

Si la maison a commencé avec deux alambics, aujourd'hui, il y en a dix. À moyen terme, il est prévu d'en ajouter deux, à condition de trouver les vins en face. L'idée est de capter des volumes à distiller. Également, Ève et David veulent développer un service de vinification sur le site du Logis d'Angeac, ce qui leur permettrait de s'assurer de l'extrême qualité des vins et d'avoir un distillat en conséquence. Cela nécessite toutefois de lourds investissements : acheter des cuves et changer les statuts. C'est à l'étude. Un autre projet est dans les tiroirs : construire un nouveau chai pour le vieillissement des eaux-de-vie familiales.

Sur un plan plus personnel, comble de bonheur, deux autres enfants sont arrivés de Tahiti, Henri et Éloïse. Constance et ses frère et soeur connaissent leur histoire. Toute la famille retourne régulièrement à Tahiti pour revoir les familles biologiques. À la naissance, Ève a reçu Éloïse des mains de son père biologique. Plus tard, la maman lui dira « merci ». Cette femme savait que ce bébé serait élevé dans l'amour et le confort. L'amour, elle pouvait l'offrir à son enfant, mais pas le confort matériel. Avec beaucoup d'émotion dans la voix et les yeux, Ève confie : « Pierrick et mes enfants sont les lumières de ma vie ». Elle aime tellement la nature que dans leur maison de Juillac-le-Coq elle a créé une mini ferme pour ses enfants : un jardin, un âne, des poules, un chien, des lapins, et autres bestioles qu'elle recueille.

Elle voue une grande passion pour les voyages. « À nos portes comme au bout du monde, j'aime les gens, les beaux paysages » rappelle-t-elle.

Entre vie professionnelle et vie familiale, Ève a trouvé son équilibre de femme.

Dès la mi-août, elle parcourt le vignoble familial pour contrôler la maturité des raisins. David s'attache plutôt au degré, elle, à l'acidité. « En général, je gagne » dit-elle en souriant. L'entreprise n'emploie plus d'Espagnols le temps des vendanges, mais Ève essaie de conserver l'esprit et l'atmosphère de cette époque, à l'ancienne. Chaque décision est discutée dans la bonne humeur. « Je leur apporte des chocolatines tous les matins ». En parlant de ses salariés, elle précise : « Pour avoir un bon vin, ils doivent comprendre ce qu'ils font ». Ce moment des vinifications est intense mais agréable. Ève ajoute : « Je ne suis pas du tout une bonne maman de rentrée scolaire, les vendanges priment ». Elle se rattrape après.

Les premiers vins, distillés sur lie, viennent de la propriété familiale. Après la magie du passage en alambic (double distillation), un vin fruité, net, avec une bonne acidité, permet de retrouver ce fruit dans les eaux-de-vie : des arômes de banane, de fruits exotiques. Elle distille différemment suivant le cahier des charges imposé par chaque négociant. Chaque maison a son style, son identité, ce qui

fait la richesse de ce produit, le cognac, de cette région. Cela nécessite de se remettre en question tous les dix, quinze jours. Il faut aussi s'adapter selon la qualité du vin. La campagne de distillation dure cinq mois, jours et nuits. Les têtes, brouillis, cœur de chauffe, secondes, queues, sont des mots qui résonnent et chantent agréablement aux oreilles d'Ève. C'est son quotidien. Il demande une grande connaissance, beaucoup de technicité, mais aussi d'écoute, d'attention de chaque instant. Cela mobilise tous les sens, les yeux, le nez, le palais. « C'est un moment magique, de l'art », précise-t-elle. On part d'un produit simple, un vin un peu « brouillon », pas très limpide, et par la magie de la distillation, on en fait un produit pur et brillant comme du cristal, au bouquet magnifique, floral, fruité. Cette magie est quotidienne. Son bonheur à elle est de rendre heureux le viticulteur et le négociant. L'eau-de-vie évolue chaque jour et une fois en fûts, elle se change en or, elle est vivante. Une grande partie des eaux-de-vie est vendue au négoce. Pour certains clients, Ève va beaucoup plus loin. Elle assure le vieillissement et offre un produit « prêt à la mise ». C'est-à-dire que le négociant n'a plus qu'à le mettre en bouteilles. La marque Réchou a existé jusque dans les années 1990, mais Ève n'a pas la fibre commerciale. « C'est encore un autre job », souligne-t-elle.

Du côté des instances régionales, Ève est vice-présidente du Syndicat des bouilleurs de profession. Au Bureau national interprofessionnel du cognac, elle siège à la commission emploi-formation et attractivité de la filière cognac. Il faut faire aimer ce territoire, le valoriser. Elle fait également partie du Comité scientifique des savoir-faire du cognac. Elle aime être constamment en action, être le maillon de toute une chaîne exceptionnelle.

Ève conclut : « Je suis très fière de faire un produit de luxe ». Que du bonheur !

LE COUP DE CŒUR D'ÈVE

Balade au temps de la préhistoire !

« Lorsque ma campagne de distillation est terminée, fin mars, l'une de mes grandes joies est de pouvoir me remettre à voyager et à faire de longues balades, avec qui souhaite m'accompagner dans mes aventures : mon mari, nos enfants ou juste mon chien !

Je n'ai pas besoin d'aller très loin de chez moi pour être éblouie. J'habite à quelques kilomètres du magnifique dolmen de Saint-Fort-sur-le-Né. Situé en haut d'une colline et entièrement entouré de vignes, il a vraiment fière allure ! Vu d'en haut, il offre une vue panoramique sur ces terres de Grande Champagne, superbes en toute saison.

Qu'il soit là me rassure : je me dis qu'il est la preuve que depuis des millénaires, des hommes ont aimé ces collines, cette luminosité si douce. Cela me conforte dans mon choix d'être revenue en Charente. Il est facile d'être heureuse ici. »

Ève MORALES RÉCHOU

AMY PASQUET

Responsable administrative et commerciale

UNE AMÉRICAINE À COGNAC

Dès les premiers mots, Amy Pasquet offre son plus beau sourire pour déclarer : « Vous entendez mon accent, je ne suis pas d'ici ». C'est la Virginie qui la voit naître en 1983 mais elle grandit en Caroline du Nord, dans un des comtés américains où la vente d'alcool est interdite. Elle arrive dans une famille protestante aux pratiques très strictes. Heureusement, sa mère, considérée comme le mouton noir d'une fratrie de neuf enfants, s'éprend de liberté, voyage beaucoup et est même francophile. Cette enfance permet à Amy de s'ouvrir à d'autres cultures, d'autres horizons et de partir à l'aventure. Elle se tourne vers des études de littérature latino-américaine et part quelque temps en Argentine. C'est là qu'elle fait la rencontre de l'homme de sa vie, en 2004.

Jean est né dans une famille charentaise, à Éraville, où l'attend un domaine viticole familial existant depuis 1730. Mais lui se tourne plutôt vers le vin. Il choisit de parfaire ses études d'œnologie au Chili. Puis ses pas le mènent ... en Argentine. Tandis qu'ils font tous les deux de l'oenotourisme dans une bodega, Amy et Jean se rencontrent et ne se quittent plus. La langue de cet amour naissant est l'espagnol. En 2005, ils poursuivent leur aventure en Nouvelle Zélande, dans cette quête des « vins du nouveau monde ».

Ils rentrent en France cette année-là, en Charente, plus précisément, où ils se marient une année plus tard. À l'époque, le domaine viticole familial charentais n'est pas encore leur objectif. Jean n'y revient qu'en 2010 quand il se dit qu'il est important et urgent de retrouver les traditions du cognac. Son père ne rajeunit pas, il doit penser à l'avenir et l'unique équation est vendre ou transmettre à son fils.

De 2005 à 2017, Amy passe un BTS de commerce international, un master d'anglais, une maîtrise de biologie, et a l'opportunité d'enseigner l'anglais à l'université de Bordeaux II. Trois enfants naissent de son union avec Jean : Laura, Léonie et Louis.

En 2017, elle prend la décision de rejoindre le domaine Jean Luc Pasquet, la propriété du père de Jean. Ainsi, elle est au plus près de son époux. Tous deux ont envie de partager l'aventure, faire vivre ce domaine.

Très vite et, malgré son accent, Amy se coule avec naturel et bonheur dans cette famille et dans les habitudes charentaises. Elle est prête à tout donner pour prendre sa place, mais est consciente que la situation d'une femme n'est pas si évidente. Sa belle-mère, qui s'occupe de la gestion et des vignes du domaine depuis 1970, est déclarée comme aide familiale et n'est pas salariée. C'était le cas de beaucoup de femmes à cette époque. Jusqu'à assez récemment, dans tous les métiers liés à la terre, les femmes avaient un rôle social, agricole, sans la moindre reconnaissance et sans salaire. Les temps ont changé et c'est une situation que Jean n'accepte pas pour Amy. Elle est donc salariée de cette entreprise viticole, une SARL, qui englobe à la fois la propriété viticole et la vente des cognacs maison. Il est envisagé de créer très prochainement une nouvelle entité, un GFA, et Amy en sera la gérante.

Dans cette activité partagée, bien qu'ils aient chacun leur pré carré, Amy se construit pleinement au sein de son couple. À tel point qu'elle est incapable de parler d'elle sans parler de Jean.

À partir des années 1993, le vignoble est mené en culture biologique sur l'initiative du père de Jean et les produits à la vente sont donc proposés dans cet esprit. Plus que jamais, Amy et Jean veulent faire goûter ce que leur terroir de Grande Champagne a de meilleur à offrir. Apporter une valeur ajoutée à leur produit, un petit côté nature qui leur va bien.

À son arrivée en 2017, Amy a aussi eu envie de s'ouvrir vers d'autres femmes du cognac. Elle veut communiquer, parler, échanger. Elle utilise ses comptes Facebook et Instagram du domaine pour que tout autour du monde, davantage de femmes découvrent et boivent du cognac. Pour l'instant, ses comptes réseaux sociaux sont suivis par 65 % d'hommes. Petit à petit, elle aimerait voir augmenter le taux au féminin.

Afin de poursuivre dans cette optique, en mars 2020, Amy et quelques autres femmes du cognac, venant de divers horizons et pratiquant divers métiers au sein de la région, décident de se réunir en club afin d'échanger, d'organiser des évènements, de faire évoluer des projets. Elles estiment qu'il faut communiquer plus et différemment pour féminiser la consommation du cognac. Quand Amy évoque les femmes, elle parle souvent de sororité, inspirée par les clubs de femmes dans les universités américaines et les clubs de dégustation de cognac en Norvège. Elle souhaite créer un club similaire en Charente.

Un domaine familial à gérer, à faire vivre, trois enfants et des projets toujours en boîte ne lui permettent guère de se tourner vers d'autres activités. Peut-être juste un peu de yoga pour l'aider à mieux vivre le poids de cette vie, passionnante mais dévorante parfois. Heureusement, Jean est là.

Au sein de ce domaine viticole familial, Amy ne chausse pas les bottes. Les chais, un bureau et la jolie salle d'accueil des clients sont ses domaines de prédilection.

Bien que les chais soient sous la responsabilité quasi exclusive de Jean, elle aime s'y glisser pour suivre avec la plus grande attention tout ce qu'il s'y passe : les vinifications d'après vendange, la distillation, les eaux-de-vie. Car il faudra bien qu'elle en parle de ce produit. Et comment bien en parler sans connaître toute l'histoire, de la vigne à la bouteille. Pas une seule eau-de-vie ne franchit les portes du chai pour être mise en bouteille sans qu'Amy n'y ait mis son nez, ne l'ait goûtée. Elle s'est formée seule à cet art de la dégustation, aux côtés de Jean. C'est à la fois tellement naturel et tellement complexe.

De son bureau, Amy gère les achats de matières sèches : bouteilles, étiquettes, coffrets, cartons d'emballage et autres. Elle est en contact permanent avec tous les fournisseurs. Pour finaliser une étiquette, elle court chez l'imprimeur afin de travailler sur le BAT : mettre les couleurs au point, approcher le visuel final. L'esthétique est très important, il participe pleinement à la valorisation du produit. Amy suit également les clients et les commandes. Elle est plutôt en contact avec la clientèle anglophone et Jean la clientèle francophone. Entre

deux mails, on peut aussi la trouver dans les chais pour effectuer les habillages les plus délicats : une étiquette à la main, de la cire sur le bouchon. Elle planifie les voyages de promotion qu'ils effectuent tous les deux. C'est à la fois très professionnel mais aussi plein d'agrément. Les années passant, les clients deviennent des amis. Amy et Jean leur rendent visite dans leur pays et les reçoivent sur leur domaine dont ils ont tellement de plaisir à ouvrir les portes.

La jolie salle de dégustation, lumineuse et confortable, où trônent fièrement les flacons, permet d'accueillir les clients de passage. C'est une clientèle d'aujourd'hui, celle qui est en recherche de produits nature, de produits bio. Amy les accompagne sur un véritable circuit de visite, elle raconte et montre tout, de la vigne à la bouteille. Pas de secrets ?...peu de secrets !

Sur ce domaine viticole où le cognac est roi, Amy et Jean vivent et travaillent en symbiose totale.

LE COUP DE CŒUR D'AMY

Quand les USA épousent les Charentes !

En dessert, Amy vous propose des brownies pour accompagner un de leurs cognacs, l'Organic 10 JLP, « Prenez votre temps pour savourer et découvrir ses arômes d'épices, de fruits secs et de fruits confits. Un carré de bon chocolat noir, ou plutôt les brownies de ma mère, je n'en connais pas de meilleur, l'accompagne à merveille ».

LES BROWNIES DE BETTIE

Préchauffez le four à 175°. Mélangez *185 g de beurre doux* et *2 tasses à café de sucre.* Ajoutez *200 à 250 g de chocolat noir fondu, 4 œufs battus,* et *une cuillère à café d'extrait de vanille.* Mélangez bien le tout. Puis ajoutez *1 tasse 1/4 à café de farine* et *1 tasse à café de noix, noix de pécan ou amandes* (optionnel). Mettez dans un plat rectangulaire beurré puis au four 25 minutes. Laissez refroidir dans le plat et découpez en carrés avant dégustation.

« La Charente est une très belle région qui regorge de demeures, monuments et beaux lieux à visiter. Il m'est difficile de faire un choix. J'aime beaucoup me balader sur les bords du fleuve Charente. La région vient d'inaugurer la Flow Vélo qui relie le Périgord à la Côte charentaise J'aime particulièrement le tronçon qui va de Châteauneuf-sur-Charente à Cognac »

www.laflowvelo.com

Amy PASQUET

CAROLINE QUÉRÉ JELINEAU – Viticultrice

À FOND SUR TOUS LES FRONTS

Bien que ses « terrains de jeux » favoris soient la Charente et la Charente-Maritime, région qu'elle n'a guère quittée, son esprit, ses yeux et son cœur sont grand ouverts sur l'humanité de ce monde.

C'est à Saintes que Caroline Quéré Jelineau pousse son premier cri en 1972, déjà bien décidée à faire entendre sa voix. Du côté maternel comme paternel, elle n'est pas héritière d'une longue lignée de viticulteurs. Ses parents ne sont pas du métier mais sont intéressés par le vin. Un peu insouciants, par envie d'indépendance, en 1967, ils achètent un domaine agricole situé Chemin de Nancrevant à Chaniers. Là, se côtoient agriculture, viticulture et du bétail de toutes tailles. Petit à petit, cette propriété va être entièrement reconvertie en culture viticole. L'enfance de Caroline est baignée de cet univers. Elle donne des coups de main à la vigne, accompagne sa mère sur les marchés de la Côte et dans les foires alentour, pour vendre les produits de la propriété. Voyant trimer ses parents, à l'adolescence, elle se dit : « Jamais je ne ferai le même métier que mes parents ». Malgré tout intéressée par l'agriculture, mais pas du côté production, elle passe un bac sciences-biologie à Bordeaux et poursuit par un DEUG de Chimie. Diplôme en poche, en 1994, elle se lance dans un BTS viti-oeno à l'Oisellerie d'Angoulême. Elle est très tentée par la partie œnologie et a l'opportunité d'effectuer un stage passionnant dans un cru prestigieux du Médoc. Ces années 1990/2000 sont des moments difficiles pour les débouchés cognac, appelées « années de crise ». Les marchés asiatiques, en particulier le Japon, ne suivent plus. Il faut faire le dos rond. Les parents de Caroline envisagent de cesser leur activité.

Lors de ses études de BTS, Caroline a rencontré celui qui va devenir son mari et le père de ses deux enfants, Antoine et Alice. Matthieu est viticulteur et a eu l'occasion de faire un stage en Alsace. Le jeune couple aime le vin. Le voilà au pied du mur. La décision est entre ses mains. Si Caroline et Mathieu ne reprennent pas le domaine viticole du Clos de Nancrevant, il est vendu. Ils se lancent et s'installent officiellement en 1997. Après l'arrachage de vignes dans les années 1980, il reste juste neuf hectares de Colombard sur ces terres de Fins Bois, qui donnent de bons vins de pays charentais. Côte à côte, le jeune couple est quotidiennement dans les vignes, à pied, sur un tracteur. Il faut aussi envisager de développer la vente directe. Tout est sur site pour produire, vinifier, mettre en bouteilles. Caroline est

aux manettes de la communication, aime rien tant que le contact. « Je suis une grande bavarde » dit-elle. À leurs yeux, le travail est important. « C'est notre premier bébé » ajoute Caroline. Alors entre s'installer, exploiter, vendre, le jeune couple ne prendra le temps de se marier qu'en 2005.

Mais la machine est lancée, Caroline s'accroche et passe en démultiplié. Il n'y a qu'une seule alternative possible : réussir ce challenge. Elle va s'y consacrer, avec une détermination au-delà de l'imaginable.

Ayant derrière elle toute une dynastie maternelle de femmes indépendantes, dynamiques, elle ne se pose pas la question de savoir si, dans ce monde d'hommes, elle a sa place en tant que femme. Elle fonce. Le contexte est difficile mais sa détermination est grande, inébranlable. Le jeune couple agrandit le vignoble et reconstitue des stocks petit à petit. Caroline et Matthieu plantent d'autres cépages, pas seulement ceux liés au cognac et au pineau, mais aussi ceux propices au vin. La gamme promue à la vente directe s'étoffe, mais il faut songer à trouver des débouchés pour les stocks de cognac. Alors

Caroline prend son bâton de pélerin et va frapper aux portes des grandes maisons. L'accueil est plus que mitigé. « Je ne suis pas reçue ou considérée comme naïve » dit-elle. Heureusement il y a la vente directe de leur vin, auquel ils peuvent adjoindre pineau et cognac, leurs premiers flacons. Il y a peu de charges d'exploitation, les parents de Caroline apportent une grande aide dans les vignes. De son côté, elle ne baisse pas les bras et, inlassablement, chaque année, elle va frapper aux portes des grandes maisons. En 2004, l'un de ces négociants accorde des contrats au travers de sa SICA (Société d'Intérêts Collectif Agricole), à trois jeunes exploitants. Caroline est connue, cette maison la voit tous les ans. Elle fait partie des élus. Enfin un pied dans la place, d'autres maisons vont ouvrir leurs portes en 2009 et elle va signer de nouveaux contrats. Mais cela veut dire que pour honorer ces débouchés il faut adapter le matériel, en particulier la distillerie : ajouter une chaudière de 25 hectolitres. Caroline et Matthieu agrandissent le vignoble qui atteint 40 hectares sur ces belles terres de Fins Bois. Le contexte économique est plus favorable, la vente directe se développe. Une superbe boutique voit le jour en 2010. Elle met parfaitement en valeur et en lumière une gamme qui s'étoffe encore, uniquement des produits de leur terroir : vins de Pays Charentais, cognac, pineau, liqueurs, méthode traditionnelle, jus de raisin. Des flacons de toutes sortes, du plus petit au plus grand. On ne sait quoi choisir tellement l'offre est riche. De nouvelles idées naissent chaque jour dans la tête de Caroline. Tous ces choix nécessitent de s'adapter, tant sur le plan administratif que du côté du matériel de production et des bâtiments de stockage. Un nouveau chai est construit.

Mais cela n'est qu'une partie de son agitation. Caroline est un... « mouvement perpétuel ». Parallèlement à toutes ses activités, elle se lance dans le collectif, en lien avec sa profession. À son avis : « Pour monter en compétence, rien de tel que le collectif ». Alors elle intègre la quasi-totalité des instances régionales, où elle siège régulièrement en tant qu'adhérente, administratrice, vice-présidente ou présidente. Elle s'était même lancée dans un mandat politique auprès de la municipalité de Chaniers, liste non élue. Sa mère a été députée de 2007 à 2017 dans la circonscription de Saintes – Saint-Jean-d'Angély. Les chiens ne font pas des chats.

En 1998, Caroline a participé à la création de la Fête du Cognac, qui a lieu tous les ans en juillet, au bord du fleuve Charente, au pied du Château où est né François Ier. Cette manifestation très prisée est née du Syndicat des jeunes agriculteurs de Charente et Charente-Maritime.

Cet engagement est son fil conducteur de vie.

Caroline ne va plus dans les vignes. Plus le temps. Ce qu'elle regrette. Elle aimait cette relation à la nature, cette liberté. Se vider la tête. Matthieu, conjoint collaborateur, est aux manettes de toute la production, de la vigne à la mise en bouteilles, aidé de deux salariés permanents et de saisonniers. Le vignoble est certifié « Certification Environnementale Cognac » (CEC) et « Haute Valeur Environnementale » (HVE). C'est une attente du consommateur que de se retrouver dans une production plus respectueuse de la terre. Mais il faut aussi trouver le bon équilibre entre l'environnemental et l'économique.

Caroline s'occupe, elle, de toute la gestion administrative et de la communication. Création de brochures, d'un site internet vitrine et vendeur. Elle accueille la clientèle à la boutique, ouverte tout l'été pour des visites complètes d'une heure et demie, bilingues, français-anglais. Sauf le dimanche. Le tourisme est important dans cet axe Saintes-Cognac-Angoulême. En dehors de cette période, les visites s'effectuent sur rendez-vous, mais les achats en boutique sont possibles à toute heure de la journée, sauf le week-end. Elle n'hésite pas à livrer les boutiques et restaurants alentour et de la côte océane. Elle démarche régulièrement la clientèle professionnelle pour trouver de nouveaux débouchés à ses produits. Elle s'occupe également d'un magasin fermier à Saintes, la Ferme Santone, où elle assure une permanence de vente tous les deux mois. Elle aime « jouer à la marchande ». Elle est aussi intéressée à la gestion, ce qui l'occupe beaucoup plus. Quant à ses mandats auprès des instances de la région, ils sont nombreux. Son engagement syndical est total et très sérieux. « Je suis une fidèle » précise-t-elle. Elle est reconnue pour son efficacité. Elle prend facilement la parole et aime les décisions collégiales. En 2009, elle devient présidente du Syndicat des Vins de Pays Charentais. Caroline siège à la Fédération des Interprofessions du bassin Charente-Cognac. Cette instance de concertation et de réflexion vise à définir et mettre en œuvre de façon collective, les grandes orientations et actions de ce bassin viticole. Elle en devient vice-présidente en septembre 2021. Elle est également administratrice de la SICA d'un gros négociant, la maison qui, la première, l'avait accueillie en 2004.

Et ses enfants dans tout ça ? Parent d'élèves, elle suit leur scolarité avec le même engagement. Quant à eux, ils ont connu leur grand-mère toujours en réunions, alors ils vivent plutôt bien les agitations de leur mère.

Cet univers est l'engagement de toute une famille, dont Caroline est la tête de pont, si précieuse, aussi, pour toute une région.

LE COUP DE CŒUR DE CAROLINE

Gourmandises sur les rives de la Charente-Maritime !

« Habitant et travaillant sur l'exploitation, ou l'inverse, parfois je ne sais plus, j'ai besoin de changer d'air. Mais vu l'intensité de l'activité professionnelle, il n'est pas question de partir trop longtemps, trop loin. L'immense privilège de vivre dans notre région, c'est qu'il n'y a pas besoin d'aller très loin pour que les paysages changent. J'aime les choses simples et authentiques. Le dimanche, je troque volontiers mon secteur vallonné de la Saintonge boisée et ses paysages viticoles contre un paysage de bord de mer et son air salin. Mes saisons préférées sont l'automne (après les vendanges !) et le printemps. Alors quoi de plus agréable que de pique-niquer en famille, en bord de mer ou le long d'un chenal. Déguster des huîtres Marennes-Oléron avec une tartine de bon pain de campagne et de beurre (demi-sel of course !), le tout accompagné d'un vin Charentais blanc Colombard, mon cépage

« fétiche ». J'aime le côté franc et vif de ce vin qui se marie très bien avec les huîtres. Mais ce cépage a surtout une grande valeur sentimentale pour moi : la première bouteille étiquetée et mise à la vente, au tout début de notre aventure professionnelle avec Matthieu, était une bouteille de Vin Charentais de Colombard. Quel souvenir ! ».

Caroline QUÉRÉ JELINEAU

CÉCILE RABY – Gérante

MADEMOISELLE DE LA BRÉE

L'ombre du Chevalier de la Croix Maron et sa légende plane sur les terres du Logis de La Brée à Segonzac, où Cécile Raby officie depuis de nombreuses années.

Cognac la voit naître en 1976 et elle grandit sur les terres du fameux chevalier où la famille s'est installée dans les années 1950, au cœur de ces jolies collines de Grande Champagne. Une ferme viticole, bâtiments agricoles et quelques maisons plus modernes composent le tout. En pleine campagne, l'espace a permis l'agrandissement des terres et le développement du vignoble dans les années 1970. Cécile, qui représente la cinquième génération, y a une enfance heureuse. Déjà, elle aime parler, communiquer. Sa mère est coiffeuse et dans les premiers temps le salon est situé dans la maison. Dès ses premiers pas, Cécile en profite pour venir babiller avec la clientèle. « J'aimais parler, j'étais faite pour vendre », dit-elle avec force et sourire. L'avenir le confirme.

Après le bac en 1995, elle passe un BTS en commerce international à Angoulème, ce qui lui donne l'opportunité d'effectuer un stage de vente dans une grande maison de cognac mais aussi aux USA dans l'état de Washington. Suivront une licence puis une maîtrise de marketing à Lille en 1998. À l'époque, Cécile n'a aucune envie de revenir au Logis de la Brée qui est essentiellement un domaine viticole de production. Les eaux-de-vie sont vendues au négoce. Elle n'a aucun savoir-faire en la matière. Différents stages en banque à Lille et à Cognac lui donnent envie de se tourner vers la profession bancaire. Toutefois, en 2000, l'imprimerie Sopal à Jarnac l'embauche en CDI comme assistante commerciale export. Elle y reste sept ans.

Cécile se sent bien en Charente, elle retrouve ses racines. « Petite, j'aimais accompagner ma grand-mère quand elle travaillait dans les vignes », se souvient-elle. Au moment de la distillation nous partagions notre dîner avec papa dans la distillerie pour ne pas le laisser seul ». Ces moments sont précieux. Ces souvenirs, fixés à jamais dans son coeur, vont l'encourager à sauter le pas.

De fait, en 2007, Cécile et son père font le projet de valoriser eux-mêmes le produit de leurs vignes et de se lancer dans la vente directe. Ainsi naît la société G & C Raby. Cécile a un frère qui au départ est associé avec son père pour la partie production, elle, est associée avec son père pour la partie commercialisation. Son frère se lance dans d'autres projets et Cécile devient l'associée de son père dans les deux entités juridiques, une EARL pour la production et une SARL pour la commercialisation. Elle prend la gérance des deux entités en 2012. Les dés sont jetés, elle va vendre les eaux-de-vie maison, produites sur les terres du Chevalier de la Croix Maron, seigneur de Segonzac au XVIIe siècle.

C'est un sacré défi qui s'ouvre à elle, tout est à créer: les assemblages, le packaging. Mais comme c'est encore le cas aujourd'hui, son père n'est jamais loin. Pour le discours, Cécile en fait son affaire, elle peaufine la communication. Pour ce qui est de la production, les vignes, les vendanges, la distillation, le vieillissement, les assemblages, elle écoute, elle apprend et les arguments viennent naturellement enrichir son propos auprès de la clientèle. Pour dynamiser ses ventes à la propriété, très vite elle s'appuie sur les compétences de producteurs plus expérimentés, regroupés depuis 1992 dans l'Association de la Maison de la Grande Champagne à Segonzac. Cette association a été créée par des viticulteurs du cru pour mettre en avant leur savoir-faire et leurs produits par le biais d'une boutique. En adhérant, Cécile est soutenue dans son projet, conseillée, accompagnée, elle s'intègre naturellement dans ce tissu local.

Du côté de la commercialisation auprès des cavistes du réseau français, sa présence, en tant que femme et jeune, est plus délicate. Avec son père ils se partagent la clientèle: pour lui, la clientèle de sa génération. Pour elle: les plus jeunes, ouverts aux idées d'aujourd'hui. Cela ne l'offusque pas outre mesure, c'est une bonne répartition des tâches qui va dans le sens de l'augmentation des ventes. Les compétences de Cécile ne font jamais sourciller la clientèle de vente directe au domaine.

La relation est plus difficile sur la propriété où une majorité d'hommes y travaille. Il y a peu la femme était encore jugée indésirable quant à la gestion terrienne d'un domaine viticole. Le temps passant et les mentalités évoluant, aujourd'hui Cécile travaille parfaitement en harmonie avec ses équipes.

Une autre association fait son apparition à Segonzac. Les Sites Remarquables du Goût ont été créés en 1995, d'une approche interministérielle : environnement, culture, tourisme et agriculture. Cette association dûment labellisée défend et promeut l'art de vivre à la française au travers de ses produits et de son patrimoine. Une centaine de sites répartis en France est agréée à ce jour. Le cognac de Grande Champagne entre dans ce label en 2014. Cécile adhère à ladite association et en est tout de suite nommée Présidente. Chaque année en février, conformément à la charte du label, elle organise un salon à Segonzac dont le succès grandit d'année en année. Chaque produit labellisé doit participer à des salons. Cela génère un grand bouillonnement d'idées, d'échanges et de partages d'expériences qui oeuvrent à mettre en valeur tous les produits. Ce label participe à la valorisation du cognac, produit emblématique de son territoire. Il existe à Segonzac un tissu associatif important et dynamique dont la réussite est portée par un bon nombre de bénévoles engagés, passionnés. Cécile participe pleinement à la vitalité économique et touristique de sa région.

Chaque matin, Cécile part de Juillac-le-Coq pour se rendre au Logis de La Brée à Segonzac, quelques kilomètres en voiture pour se « mettre en jambes ». Son rôle est multiple : administratif et commercial. Elle est en charge de la gestion administrative des deux entités juridiques, aidée en cela par un des salariés au niveau de la

production. Mais ce qu'elle aime par dessus tout, c'est le contact avec la clientèle : communiquer, partager, vendre. Alors que ce soit sur le domaine ou ailleurs en France lors de salons, Cécile anime des visites et des dégustations en français et en anglais. D'année en année l'offre s'agrandit : cognac, pineau, vins, liqueurs et jus de raisin pétillant composent toute la gamme.

Afin de s'assurer plus de visibilité, elle envisage d'intégrer Les Étapes du cognac, entité disparue en 2018. L'objectif de cette association créée en 2000 était d'aider au développement, l'animation et la promotion de l'oenotourisme de l'AOC Cognac. Là encore, une charte était attachée à ce label et la propriété de Cécile n'y répondait pas totalement, elle n'avait pas à proprement parlé une véritable structure d'accueil. Qu'à cela ne tienne, elle se lance et une jolie boutique voit le jour en juin 2015 sur le domaine. Une partie des bâtiments, derniers vestiges de la présence du Chevalier de la Croix Maron, est restaurée sur deux étages. En bas, l'accueil de la clientèle, en haut les bureaux et une salle de réunion. De grandes ouvertures apportent de la lumière à ces bâtisses plutôt austères.

Perpétuellement en recherche de mille façons de développer ses ventes, Cécile intègre également un site bilingue de réservation de visites en ligne, « Rue des Vignerons ». Parallèlement, elle fait évoluer son site internet vitrine vers un site marchand. Ces deux initiatives génèrent très vite du chiffre d'affaires, le succès est au rendez-vous.

Le domaine reçoit aussi des camping-caristes pour une nuit. Une dégustation des produits est proposée en soirée. Le lendemain matin, avant de reprendre la route, Cécile fait visiter et raconte tout, de la vigne à la bouteille. Elle adore faire la guide touristique, elle renseigne sur ce qu'il y a à visiter dans ce coin de Grande Champagne, les marchés locaux.

Et pour clore ses longues journées, parfois un peu lourdes à porter, Cécile n'aime rien tant que partir à pied en soirée à l'assaut des vignes alentour avec son mari, son fils et ses labradors. C'est le sourire aux lèvres et avec la même énergie qu'elle retrouve le logis de La Brée, dès le lendemain matin.

LE COUP DE CŒUR DE CÉCILE

Accord... insolite et balade charentaise !

LA MOUSSE AU CHOCOLAT TRUFFÉE DE CÉCILE

Faites fondre *200 g de chocolat noir* au bain-marie. Ajoutez *six jaunes d'œuf. Battez les six blancs en neige* et mêlez-les délicatement à la préparation précédente. Touche finale... mettez *une truffe râpée* dans la mousse. Répartissez dans de jolies coupelles et mettez trois heures au frais avant dégustation.

Pour combler votre plaisir gustatif, accompagnez ce dessert d'un verre de cognac Extra aux notes de réglisse, d'épices et de fruits confits. Note persistante de rancio en finale.

« Aux alentours de Juillac-le-Coq ou Segonzac, au milieu des vignes de ces jolies collines de Grande Champagne, une balade dominicale est toujours la bienvenue. Qu'il pleuve, vente ou que le soleil illumine notre parcours, les chiens s'ébattent avec joie, se défoulent. Nous admirons les paysages de cette belle région. Au fil des saisons, nous picorons ce que propose la nature : des cerises, des mûres, des noisettes, des noix ou du raisin. C'est toujours un moment familial enchanteur et ressourçant ».

Cécile RABY

LES SŒURS TRIJOL : Anne-Sophie et Pauline Co-présidentes

L'ART DE PÉDALER EN TANDEM

Jouer à la marchande dans le bureau de papa, le bonheur de deux petites filles. En 2022, ce même bureau est toujours leur « terrain de jeux », mais... sans papa !

En 1991, Anne Sophie Trijol, l'aînée, naît dans le giron maternel, à Saint-Georges-de-Didonne en Charente Maritime. Pauline Trijol se rapproche du côté paternel et se présente au monde en 1993 à Cognac.

L'histoire commence en 1859 quand, au lieu-dit Chez Gallant à Saint-Martial-sur-Né, est installé le premier alambic. Une centaine d'années plus tard, le grand-père paternel, Maxime, devient courtier en vins et eaux-de-vie. Il poursuit l'aventure en prenant la position de bouilleur de profession en 1962. Son fils Jean-Jacques le rejoint en 1972. En 1990, alors que la « crise du cognac » se fait durement sentir, les marchés asiatiques, surtout le Japon, se ferment. Le négoce fait grise mine et les eaux-de-vie restent dans les chais. C'est alors que les deux hommes décident de développer l'affaire en créant leur propre gamme de cognac. Exister dans cette crise, c'est contrôler eux-mêmes le débouché de leur produit. La première pierre, c'est treize hectares de vignes familiales en Petite Champagne, tout autour de Chez Gallant. Leur position de bouilleur de profession leur permet de s'approvisionner en eaux-de-vie de tous crus. Tout est sur le même site, impressionnant. Les maisons d'habitation de trois générations, les deux distilleries, la cuverie, les six chais de stockage et de mise en bouteilles, les bureaux, la salle d'accueil de la clientèle.

Toute l'enfance d' Anne-Sophie et Pauline est bercée par cette histoire familiale et leur destinée est toute tracée. C'est une évidence, l'ADN est là. Après un bac économique et social, l'aînée part à Bordeaux pour préparer une licence sciences-économiques qu'elle passe avec succès en 2012. La plus jeune suit le même parcours, un bac ES et Bordeaux, mais poursuit par un BTS commerce international.

Chez Gallant les voit arriver diplômées en 2013.

Cette enfance est également baignée de quelques activités musicales et sportives. Piano pour toutes les deux. Anne-Sophie s'adonne à la natation, quand Pauline préfère la danse.

En 2017 l'aînée se marie et deux petites filles naissent de cette union, Alexina et Anna. La plus jeune et son compagnon donnent naissance à une autre petite fille, Éléna.

Les dés sont jetés, il ne reste plus qu'à poursuivre l'aventure familiale.

Le père, Jean-Jacques, est là pour former, guider ses deux filles. Elles ont, pour lui, une admiration sans faille. Il est charismatique, travailleur, très protecteur et doté d'un grand esprit d'analyse. Alors, oui, il est autoritaire aussi. C'est petit à petit qu'elles vont prendre leur place, qui conduira à leur totale indépendance en 2019. Malgré tout, Jean-Jacques est là si nécessaire, c'est plutôt rassurant.

L'activité principale de l'entreprise est celle de bouilleur de profession. Anne-Sophie se forme en interne et devient la gestionnaire de toute la campagne de distillation. Vingt-deux chaudières sont réparties en deux distilleries. Dans chacune, trois distillateurs. Elle se trouve donc très vite confrontée à tous les interlocuteurs de cette activité, les viticulteurs et le négoce. Pas facile d'être une femme, encore moins d'être jeune. Bien que son père soit auprès d'elle pour ses premiers pas, elle constate quelques réticences, le regard observateur de ces gens pour cette toute jeune femme, fraîchement

arrivée. Le temps passant, avec l'expérience, elle prend de l'assurance et sent que depuis 2016, la féminisation est en route. Elle peut s'appuyer sur un réseau qui est en train de se construire.

Son projet est de continuer à agrandir le niveau de stockage des eaux-de-vie pour, entre autres, soulager les viticulteurs de la terrible contrainte réglementaire, lourde, complexe et qui évolue très vite. En plus du stockage, elle souhaite leur apporter un véritable service administratif.

Pauline choisit de se tourner vers le commerce. Elle a le goût des voyages et des contacts. Les débuts sont plus faciles pour elle. Son père Jean-Jacques a déjà construit le réseau de distribution et quand les deux sœurs étaient de jeunes adolescentes, la réception des clients se faisait en leur présence. La jeune femme est connue, elle a grandi en même temps que les marchés se sont développés. Le contact avec la clientèle se fait tout naturellement. Son grand plaisir est de faire découvrir les produits de la maison. « J'aime ce moment de partage », souligne-t-elle. Quant à la dégustation des eaux-de-vie de la gamme, pour bien en parler, il faut aussi les connaître. Cette formation s'est faite en interne et se poursuit avec sa sœur. Deux gammes ont été créées : une gamme « Grand Classique », composée de différents crus du cognac, et une gamme « Grande Champagne ». En 2019, répondant à une attente de la clientèle des marchés nordiques, elle lance une nouvelle gamme, appelée « Dry Collection ». Elle a le projet très bientôt de revoir tout le packaging de la gamme classique. C'est en route. Elle aime aussi les éditions limitées liées à différents cépages. Il faut continuellement trouver de nouvelles idées pour se diversifier, se démarquer.

Et pour se ressourcer, les deux sœurs prennent plaisir aux réunions familiales, aux grandes balades alentour. « On aime se retrouver tous ensemble », précisent-elles en chœur.

Et bien que toutes jeunettes, les petites filles respectives, âgées de 3 à 6 ans, sont déjà initiées à la dégustation, enfin... à mettre leur petit nez sur un verre d'eau-de-vie !

La transmission, c'est pour quand ?

Les deux sœurs se réveillent chaque matin sur le site. Très tôt, les chauffeurs font vrombir les moteurs de leur camion-citerne. Même avant de mettre le pied hors du lit, l'ambiance est assurée.

D'octobre à fin mars, Anne-Sophie est aux manettes de la campagne de distillation. Elle en assure la gestion globale : technique, administrative et financière. Elle ne distille pas elle-même, mais est en relation constante avec tous les interlocuteurs liés à l'activité : les viticulteurs-livreurs, les courtiers et le négoce. Celui-ci est très diversifié : petit, moyen et grand, pour assurer un maximum de débouchés. La demande dépend des marchés. « C'est beaucoup de relationnel », glisse-t-elle. Une salariée s'occupe de la comptabilité matière, la régie.

Anne-Sophie déguste chaque jour les eaux-de-vie de bonne chauffe, et sélectionne celles qui entreront dans leur propre gamme. En dehors de cette période de campagne de distillation, elle s'occupe de l'activité de marchand en gros et du suivi des projets.

Les deux sœurs se retrouvent au chevet des eaux-de-vie quand Anne-Sophie a sélectionné celles de la gamme en amont, le produit brut. Puis Pauline travaille sur les assemblages avec le responsable de production et choisit ce qui sera embouteillé pour la marque Maxime Trijol.

Toute la communication lui en revient : site internet vitrine, réseaux sociaux, participation à tous les grands salons internationaux, visite des clients. C'est aussi à elle de présenter les eaux-de-vie à des concours de dégustation, d'être en contact avec la presse, papier ou autre. Recevoir les clients à la maison est un moment important de cette communication. Évelyne, leur mère, qui très tôt a transmis à ses deux filles le plaisir de la dégustation, aime proposer des accords mets-cognac.

Pauline est aussi en relation avec des designers pour la création des packagings : flacons, étiquettes, coffrets. Il est essentiel de savoir leur transmettre l'attente du consommateur. Pour les marchés nordiques, elle a particulièrement travaillé sur la gamme Dry Collection. La première édition limitée est cent pour cent Grande Champagne. Le deuxième lot sera différent, le but étant de proposer des cognacs mono-crus. Il faut continuellement être à l'écoute des marchés, étudier l'évolution de la consommation dans les différents pays pour y répondre en adéquation. Ce qui nécessite aussi de gérer une équipe de commerciaux, les ambassadeurs de la marque sur le terrain.

Totalement impliquées dans l'entreprise familiale, comment Anne-Sophie et Pauline voient-elles l'avenir ? « Développer et transmettre », lancent-elles en chœur.

LE COUP DE CŒUR D'ANNE-SOPHIE ET PAULINE

Volutes gourmandes !

« C'est un cigare dans une main et un verre de cognac dans l'autre que notre père et notre grand-père aimaient à deviser sur l'actualité cognaçaise et les bruits du monde. Nous avons aujourd'hui le même plaisir, se retrouver et partager un moment autour de ce fabuleux accord cognac-cigare. Notre compagnon idéal avec un bon cigare est notre cognac EXTRA Grande Champagne. Somptueuse richesse aromatique offrant une parfaite harmonie entre chaleur et arômes de fruits confits et de réglisse. Magnifique typicité en bouche avec une finale ample et persistante. Notre lieu de prédilection : la salle d'accueil, le berceau familial depuis six générations, là où tout a commencé ».

Anne-Sophie et Pauline TRIJOL

ANNE-MARIE VAUDON TARDIF – Viticultrice

ENTRE TERRE ET CIEL, EN PLEINE CONSCIENCE

Avec Pierre, son mari, elle voulait parcourir le monde. Mais la terre lui est restée collée aux bottes. Elle n'a pas eu le temps ni l'opportunité de la quitter, ne serait-ce qu'un instant. Peu importe, leur produit s'exporte et le monde vient à eux. Une autre façon de voyager.

Cognac, 1978, Anne-Marie Vaudon Tardif arrive au monde. Si ses parents ont choisi des professions loin de la terre, elle la trouve avec ses grands-parents qui, paternels comme maternels, sont propriétaires de vignobles, à St Même-les-Carrières et Angeac-Charente. Elle coule des jours heureux à Saintonge. Vivant au milieu des vignes, elle n'est pas animée du sirop de la rue, mais véritablement de celui de la campagne. Cette liberté du dehors, quel que soit le temps, avec ses parfums et ses rencontres. Elle a une relation charnelle avec sa terre, son avenir en est tout tracé. Elle rejoint l'Oisellerie à Angoulême pour y préparer et passer un bac agronomie-environnement. Ce qu'elle aime dans cette formation, c'est que les cours ont lieu dehors. C'est là, en plein vent, qu'elle fait la connaissance de Pierre. En 1999, elle poursuit par un BTS agricole à Venours, près de Poitiers. À cela elle ajoute un BTS technico-commercial en un an. Voilà une formation solide pour accomplir son rêve et celui de Pierre. On est dans les années de « crise du cognac » et l'avenir semble incertain. Le couple envisage d'aller voir ailleurs si l'herbe est plus verte, avec une envie de découvrir d'autres pays, d'autres cultures. Mais, en 2000, une opportunité très alléchante s'offre à Pierre. Une maison de cognac basée à Verrières lui propose un poste d'œnologue. Les conditions sont intéressantes, financièrement d'abord, mais aussi parce que les beaux stocks d'eaux-de-vie lui permettent de se frotter en direct au monde du cognac, à la gestion et à la vente. Au lieu de s'envoler vers d'autres cieux, le couple reste à terre. Anne-Marie est embauchée dans une coopérative régionale, la CARC (Coopérative Agricole de la Région de Cognac). Le temps des vendanges, elle rejoint le vignoble familial de Pierre, au lieu-dit Villars, à Échallat, au cœur des Fins bois.

En 2004, elle décide de sauter le pas. Le père de Pierre, Bernard, est seul pour gérer quarante-cinq hectares de vignes. Anne-Marie devient sa salariée la première année. Puis elle achète dix hectares de vignes et reprend en fermage les sept hectares des grands-parents paternels, à Saint-Même-les Carrières, sur les terres de Grande Champagne.

Tout en restant connecté à Verrières, Pierre la rejoint sur l'exploitation familiale de son enfance, à Échallat, en 2013. L'aventure à deux sur ces terres de Fins Bois est lancée.

Anne-Marie sait qu'elle a tout à apprendre et est prête pour cela, attentive, à l'écoute. Mais elle confie, « dans les années 2005, c'est encore un peu compliqué pour une femme ». Tant vis-à-vis de son beau-père que des salariés, elle est femme, et jeune. Elle sent le regard des uns et des autres sur tout ce qu'elle fait. Elle tente toutefois d'émettre des hypothèses de travail auprès de Bernard, qui finit par accepter. Elle ne doit pas se tromper, doit apporter la preuve que ce qu'elle avance est fait pour améliorer le travail, et des hommes et de la terre. « Petit à petit, je me suis imposée », glisse-t-elle, tranquille, avec la maturité et l'assurance de celle qui a de l'expérience. Elle veut savoir tout faire, à pied, sur un tracteur. Et l'engin n'a pas intérêt à tomber en panne. Elle le décortique et le remonte, jusqu'à ce qu'elle puisse reprendre son ouvrage. Elle veut ne dépendre de personne, être seule maître à bord de ce qu'elle s'est fixée. C'est une femme indépendante, déterminée.

Aujourd'hui, alors qu'elle a passé la quarantaine, elle est très attentive à ses salariés qui sont tous plus jeunes qu'elle. Elle adapte leur travail en fonction de leur physique et les sensibilise aux valeurs du moment : produire avec une forte empreinte environnementale. « Ce qui m'intéresse, c'est le sol, on ne le connaît pas assez » souligne-t-elle. À court terme, elle ne veut plus utiliser d'engrais chimiques et elle réduit au maximum les produits phytosanitaires. Elle fut dans les premières personnes à être certifiée HVE (Haute Valeur Environnementale) et CEC (Certification Environnementale Cognac). Il faut toutefois trouver le bon équilibre entre cette façon de cultiver, l'économique et le social. Elle veut pouvoir parler positivement de son métier et en donner une belle image. À moins d'une urgence au moment de certains travaux, elle se refuse à être dans ses vignes le week-end, sachant que les gens alentour se promènent dans la campagne et aspirent au calme et à ne pas respirer les produits de traitement.

Elle le fait aussi pour ses enfants, Clément et Romane. Passer du temps avec eux et les rendre curieux de tout ce qui les entoure : cette belle nature, les vignes, les forêts. Marcher, courir. Anne-Marie fait du trail et est inscrite à l'association « Aventures Running ».

Et ne pas manquer une visite de musées, d'un festival. Elle essaie aussi de les intégrer aux activités de l'exploitation, pour le plaisir. Elle leur fait sentir les eaux-de-vie. Elle veut qu'ils aient une conscience vive de tout ce que la vie peut leur apporter, tant sur le plan gustatif que culturel. Cela donne un sens à ce qu'ont fait les générations précédentes et permet d'ouvrir les portes de la prochaine histoire, de l'avenir.

La famille a choisi de vivre à Fleurac. Pour faire une pause. Mais pas trop loin pour pouvoir tout gérer : l'exploitation et la vente des cognacs maison. Pierre est le maître de chai et en charge de la commercialisation, aidé en cela par ses commerciaux restés à Verrières. Deux marques en portefeuille, Vaudon et François Voyer. En 2018, Pierre rachète la marque et les eaux-de-vie de son ex-employeur. Anne-Marie et son mari créent une société de production et une société de commercialisation, où chacun est à part égale. Elle gère la partie administrative de la production. À court terme, les deux entités seront regroupées à Échallat.

Elle, on l'aura compris, est chaque jour sur ses terres, dans ses vignes. Elle aime leur parler, admirer la lumière de ces ciels charentais sur le vignoble, en toute saison. Avant de laisser les clés à la prochaine génération, sa responsabilité première est de leur transmettre un vignoble sain et productif. Elle prend des photos. Elle rejoint Pierre le temps des vinifications et dans la distillerie. Tout mettre en oeuvre pour obtenir de belles eaux-de-vie. Et pour cela, prendre soin de ses vignes et faire un bon vin est essentiel. Anne-Marie aime voir son mari arriver le soir au dîner avec quelques échantillons. Toute la famille y met son nez, le couple déguste, chacun donne son avis. Un moment précieux et très intime autour du cognac, ce breuvage « béni des dieux ». Accord total. « Ce cognac, c'est le plaisir, la famille, les rencontres », souligne-t-elle.

Le monde entier arrive à Échallat par la venue des clients étrangers. Elle organise la visite avec Pierre et tous ensemble partagent un déjeuner ou un dîner, à la

maison. Les clients aiment être accueillis dans le cadre familial, c'est tellement chaleureux. Année après année, ils deviennent des amis. Et eux-mêmes les ambassadeurs de ces cognacs qu'ils ont aimés.

Anne-Marie s'engage dans les instances régionales. Elle veut partager ses expériences avec d'autres viticulteurs. Au départ, elle ne se sentait pas légitime : il y avait très peu de femmes dans les réunions techniques. Mais Pierre, le féministe (c'est elle qui le dit), quel homme !, l'encourage à faire bouger les curseurs. Alors elle se lance et ose prendre la parole. Depuis 2018, elle est vice-présidente de la Chambre d'agriculture de la Charente, en charge de la viticulture et de l'œnologie. Elle est également présidente du Comité Viticole Charente et Charente-Maritime. En 2020, elle entre au Conseil d'administration de l'UGVC (Union générale des viticulteurs pour l'AOC Cognac). Position qui lui permet d'intégrer un groupe technique du BNIC (Bureau national interprofessionnel du cognac), traitant de l'environnement durable, des vignobles performants et de la formation. Tous ces engagements l'occupent une à deux journées par semaine.

Anne-Marie fait partie de ces femmes qui contribuent de manière déterminante à la vie rurale et à son développement. Un dynamisme sans faille et sans concession, qui valorise et fait rayonner toute une région et son produit phare, le cognac.

LE COUP DE CŒUR D'ANNE-MARIE

Balade gourmande au bord du fleuve Charente !

« Quand on parle de cognac, on pense trop souvent et injustement, verre ballon et fauteuil en cuir !

Moi, je vous propose une dégustation de cognac avec un verre tulipe, au bord du fleuve Charente, dans mon village natal à Saintonge. En pleine nature tous nos sens sont en éveil et parfois cela permet de redécouvrir un cognac. Éventuellement, emportez quelques glaçons et tentez l'expérience en famille, entre amis, un soir d'été !

Notre Cognac XO Vaudon, tout en finesse et légèreté, comme son cru des Fins Bois, s'adapte à toutes les situations. Il vous ravira de ses notes de miel vanillé au nez, et sa signature douce et réglissée en bouche.

Côté salé, vous pouvez accompagner cette dégustation de roquefort ou de risotto aux truffes. Pour la touche sucrée, laissez-vous séduire par un accord poire cu chocolat ».

Anne-Marie VAUDON TARDIF

VIRGINIE VIAROUGE – Maître de chai

PATIENCE ET LONGUEUR DE TEMPS...

Pour trouver leur voie, réaliser leurs rêves, certaines parcourent le monde. Elle, a choisi de faire un petit tour de France. Plus que la raison, c'est le cœur qui fera de la Charente son terminus.

Limoges dans la Haute-Vienne la voit naître en 1981. La terre, dans les origines de Virginie Viarouge, est du côté de ses arrières-grands-parents maternels : polyculture et élevage. Adolescente, elle s'intéresse à la sélection variétale des plantes, fruits et légumes. Elle passe un bac STLC (Sciences et techniques de laboratoire en chimie). Elle a des vues sur une formation viti-oeno, mais préfère poursuivre par une année à l'IUT (Institut Universitaire Technique) de chimie de Poitiers. Elle n'aime pas trop et se réoriente vers l'agriculture. « J'ai besoin du contact avec les plantes », souligne-t-elle. En 2002, à Luçon en Vendée, elle prépare et passe avec succès un BTS de technologie végétale, option amélioration des plantes et technologies des semences. Ce BTS lui ouvre un stage de deux mois à l'INRA (Institut National de Recherche Agronomique) de Bordeaux, où elle se penche sur la sélection variétale de pêchers. La vigne et le vin, la titille toujours. Alors elle se lance dans un BTS viti-oeno en un an à Beaune. Elle y rencontre Christophe pour la première fois. Il deviendra son compagnon, mais... plus tard. En 2003, elle enchaîne plusieurs CDD à la Chambre d'agriculture de Monbazillac en Dordogne, où elle travaille dans l'expérimentation de vignes et conseil viticole. Puis elle part à Nîmes dans une société japonaise qui expérimente des produits phytosanitaires pour la vigne et les céréales. En 2004, elle revient sur Beaune pour un BTS en un an, technico-commercial vins et spiritueux, et poursuit une nouvelle saison à Monbazillac. À suivre, on la retrouve à Carcassonne dans une formation en agriculture raisonnée, fruits et légumes. Puis elle passe les cinq années suivantes à Jonquières-St-Vincent dans le Gard, comme assistante commerciale d'une coopérative viticole. Elle a bientôt trente ans et, un peu découragée de ne pas trouver le poste de son choix en viti-oeno, elle envisage d'abandonner là ses rêves. En 2010, elle passe et obtient le concours d'entrée à l'école d'infirmière. Soutenue par ses parents qui trouvent dommage qu'elle ait fait tout ce chemin pour abandonner à la porte, elle fait, parallèlement, une demande pour s'inscrire à un DNO (Diplôme National d'œnologie) à l'ISVV (Institut des Sciences de la Vigne et du Vin) de Bordeaux. Elle n'a pas de licence et, malgré ses trois BTS, elle est toujours BAC + 2, ce qui n'est pas le niveau requis pour prétendre à un DNO. Elle fait valoir en plus son expérience professionnelle. Elle est acceptée et passe son diplôme d'œnologue avec succès.

En 2012, des amis lui demandent à visiter une maison de cognac. Elle contacte son réseau de Beaune, cherche qui elle peut recommander en Charente, et retrouve… Christophe, le Charentais ! Avant de s'engager plus totalement, elle veut trouver un job à Cognac. Elle est embauchée en CDD dans une maison de cognac, au poste d'assistante maître de chai.

En novembre 2012, Virginie pose ses valises à Juillac-Le-Coq, au domaine de La Pouyade, au cœur de la Grande Champagne.

Quant à son ressenti du milieu viticole au regard de toutes ses expériences, il y a un avant et un après son DNO. Avant, d'une part elle n'est pas issue du milieu et de plus, on attend d'une femme qu'elle fasse du commercial ou de l'administratif, mais pas qu'elle s'occupe de la production. « On n'imagine pas que les femmes mettent les mains dans le cambouis », glisse-t-elle. Mais son DNO va tout changer, les portes s'ouvrent dans le monde du vin comme du cognac. Elle a fait ses preuves, ces messieurs la reconnaissent enfin comme un(e) des leurs !

Malgré tout, elle a tout à apprendre de cette région cognaçaise, de ce produit. Aucune école ne forme sur les spiritueux en général. Après six

mois dans la maison de cognac précitée, elle enchaîne par un CDD à la Chambre d'agriculture de Segonzac, comme œnologue conseil, le temps d'une saison de vendanges et vinification. Puis toujours dans cette même structure, elle fait une formation de distillation charentaise. En 2014, elle travaille dans une société de négoce de produits phytosanitaires pour la vigne et les céréales, en tant que responsable qualité et sécurité. En 2015, elle fait son entrée professionnelle dans la société Jean Fillioux, auprès de son compagnon, Christophe, qui en représente la cinquième génération. Lui-même vient de reprendre la gérance de l'entreprise commerciale, la SARL, mais reste impliqué dans la SCEA viticole, avec son père Pascal. Pas facile pour le jeune couple de trouver sa place. L'un, parce qu'il doit gérer la société, aimant aussi être auprès de son père dans les chais, le nez dans les eaux-de-vie. Et Virginie, embauchée comme maître de chai, mais à qui il manque l'expérience du produit cognac. D'autant plus que son beau-père est considéré comme un magicien des arômes. Venant d'ailleurs, elle ne se laisse pas trop impressionnée, mais tout de même, la pression est forte. « Je dois être à la hauteur de ce qui a été fait avant », confie-t-elle. Alors, le temps que la situation se décante, d'un commun accord, elle cherche un emploi dans une autre maison de cognac, tout en gardant un vingt heures par mois à La Pouyade, pour s'occuper des démarches réglementaires, la régie des deux entités, viticole et commerciale. C'est pendant cette période, de 2016 à 2020, que de son union avec Christophe vont naître deux petits gars, Robin et Clément.

Virginie se détend en pratiquant la musique brésilienne et le chant choral à Cognac. Le couple a des envies de biodiversité sur le domaine. D'une part, le vignoble a toujours été conduit en culture raisonnée, mais tout est mis en œuvre pour le faire tendre vers la certification HVE (Haute Valeur Environnementale). En 2021, un grand nombre d'arbres fruitiers sont plantés. Des chênes truffiers l'ont déjà été depuis les années 2000. Il est envisagé à court-terme de développer un potager paysager et de se lancer dans un projet d'oenotourisme. Virginie aimerait ajouter un mini-musée de tous les outils anciens et se lancer dans l'apiculture. Une passion transmise par son oncle maternel. À La Pouyade, il y avait autrefois le « jardin des abeilles ».

En septembre 2021, Virginie fait son entrée professionnelle officielle, dans les chais.

Enfin, elle peut suivre le produit de la vigne à la bouteille. Partir du végétal pour arriver au cognac, en passant par toutes les étapes de la transformation. Le cognac est un produit vivant. Dans l'ombre des chais, il évolue, se transforme, se bonifie. À condition d'avoir fait les bons choix et d'être... patiente. Tout d'abord, Virginie sélectionne les eaux-de-vie au sortir de l'alambic qui auront une bonne aptitude au vieillissement. Puis elle se pose la question : quelle eau-de-vie pour quel temps de vieillissement ? Quel fût : neuf ou roux ? Une gamme complète de différents cognacs a été créée depuis de très nombreuses années par les générations précédentes et chacune a apporté sa patte. Aux côtés de son beau-père Pascal, elle participe à toutes les étapes. Cinq chais sur le domaine : quatre de vieillissement liés à l'entité viticole, un de coupes, là où sont créés les assemblages, lié à la structure commerciale. Dans un premier temps, elle s'initie à réaliser les assemblages de la gamme, ayant pour modèle les échantillons-témoins. Elle cherche où trouver les eaux-de-vie d'âge et de personnalité similaires. Munie de sa topette, elle prélève quelques centilitres dans différents fûts. Puis au nez comme en bouche, elle commence sa petite « cuisine » : un peu de ci, un peu plus de ça. Une fois qu'elle a créé la bonne combinaison, que la dégustation lui apporte ce plaisir intime, la conviction que, « c'est ça », elle ne change plus rien. Mais pour en arriver là, Virginie doit aussi s'attacher à la qualité de la futaille. La maison

travaille avec dix tonneliers. Le domaine étant situé au cœur de la Grande Champagne, en mono-cru, il est essentiel de rechercher la richesse du développement aromatique et toute sa complexité, en créant de nombreux profils d'eaux-de-vie, toute une palette d'arômes. Choisir différents bois : obligatoirement du chêne, mais grain fin, moyen ou gros. À cela s'ajoutent différentes chauffes : légères, moyennes ou fortes. Chaque tonnelier comme chaque maison de cognac a sa propre typicité. Également, suivant que le chai est humide ou sec, les eaux-de-vie évoluent différemment. Elle doit prendre tous ces paramètres en compte. Le vieillissement est la clé du « mystère » de cette transformation, de cette alchimie. La magie a ses règles. Il faut passer beaucoup de temps dans les chais, entrer en communion avec ses eaux-de-vie, les « écouter » vieillir.

Dans le chai d'assemblage, Virginie ressent profondément l'âme de ce lieu. Les quatre générations précédentes y ont laissé leurs outils, leurs manies, leur écriture. Chaque eau-de-vie a un vécu, est porteuse du passé, de l'histoire de ce patrimoine. Ce « folklore » est enrichissant. Comment peut-elle apporter sa patte, laisser sa trace,... en créant son propre assemblage. C'est sa quête. « Chaque génération est la cheville ouvrière de la suivante, c'est émouvant », confie-t-elle.

De maître de chai, elle en a les compétences, la volonté chevillée au corps et au coeur, et même... les silences. Virginie est prête, salut l'artiste !

LE COUP DE CŒUR DE VIRGINIE

Escapade gourmande sur les hauts de la Saintonge maritime !

« Laissez-vous transporter sur l'Estuaire de la Gironde, plus particulièrement à Mortagne-sur-Gironde. Un joli port de pêche et de plaisance au milieu du marais et des bocages vallonnés chers à mon cœur, puisqu'ils me ramènent à mes racines limousines. Ce lieu d'une grande sérénité me permet de me ressourcer en famille. Un joli coucher de soleil sur ce lieu magnifique, une petite brise iodée et les clapotis de l'eau en font le cadre idéal pour partager notre cognac La Pouyade, accompagné de toasts fondants de pain d'épices au foie gras. Ce cognac, aux notes de reine-claude, abricot, amande et brioche, est servi frappé. Mais oui ! Il se marie à merveille avec cette recette de foie gras au cognac que je tiens de Christiane, ma maman. Pour ma part, j'aime réaliser cette recette avec le foie gras d'oie de l'élevage Manicot à Saint-Martial-sur-Né en Charente-Maritime, et notre cognac « Coq ». Il apporte au fondant de ce foie ses arômes de fruits frais ».

LE FOIE-GRAS DE CHRISTIANE

Choisissez une pièce entre *500 et 600 g*. Il doit être compact et d'une jolie couleur ivoire uniforme. Après l'avoir déveiné délicatement, massez le de *sel, poivre*, un peu de *noix de muscade*, voire de *quatre-épices*. Tassez bien votre foie dans une *petite terrine en porcelaine de… Limoges*, of course !. Mouillez-le de *trois cuillères à soupe généreuses de cognac Coq*. Puis réservez 24 heures au réfrigérateur. Le lendemain, sortez votre terrine au moins deux heures avant cuisson. Préchauffez votre four à 120°, placez-y votre terrine au bain-marie, et faites cuire 40 minutes. Sortez-la du four et placez un poids sur le foie gras. Laissez bien refroidir avant de mettre au frais. À consommer dans les cinq jours.

Pour la petite variante, vous pouvez remplacer le cognac, aussi bien dans la recette qu'en accompagnement, par un vieux Pineau des Charentes. Et un beau foie gras de canard fera très bien l'affaire aussi. Il en est des goûts comme des couleurs !

Bonne dégustation et belle découverte de ce terroir des Charentes !

Virginie VIAROUGE

Jean Fillioux
La Pouyade
RESERVE
Jean Fillioux

SABINE DE WITASSE

Chef de produit et accueil clientèle

SUR FOND DE ROCK N' ROLL

Native de Suresnes dans la région parisienne où elle voit le jour en 1965, Sabine de Witasse ne pouvait que finir dans la marmite charentaise. Dès ses premiers pas, son grand-père, propriétaire d'un petit vignoble en Bourgogne à Pommard, excusez du peu, ne cesse de lui susurrer à l'oreille : « Quand tu auras ton bac, tu pourras venir faire les vendanges ». Cette ritournelle baigne toute son enfance. Le bac en poche elle ne se prive pas d'aller les faire ces vendanges, à la main, dans la rigueur de la météo bourguignonne.

Après ce bac en 1983, elle n'a pas de désir particulier. Ne sachant pas ce qu'elle veut faire, elle se lance dans la European Business School à Paris qui offre une belle ouverture sur l'international. Elle a conscience que c'est un vrai plus. Dans l'amphithéâtre de rentrée, un garçon s'installe à côté d'elle et ils parlent...de vendanges, qui n'est pourtant pas le sujet du moment ! S'écoulent une deuxième puis une troisième année. Celle-ci ouvre à des échanges universitaires dont six mois en Allemagne, au milieu des vignes. Sabine retrouve le garçon du premier jour. Est-ce à cause de la vigne, mais pas seulement, ils se marient dès la fin de leur quatrième année, en 1989. Chacun part travailler de son côté dans le marketing. Pour Sabine, après une expérience chez Go Sport en tant que responsable de magasin, ce sera Microsoft. Prendre sa place et la garder dans ce milieu des nouvelles technologies nécessite de jouer des coudes, quelquefois marcher sur l'autre. Mais Sabine et Bertrand ne sont « pas des guerriers », comme ils disent. Ils n'ont pas envie de construire leur vie en se sentant seulement des pions sur un échiquier.

Après quelques expériences professionnelles qui leur laissent un goût amer, l'appel des vignes se fait à nouveau sentir et les effluves arrivent du sud-ouest de la France.

En effet, depuis 1861, la famille de Bertrand possède un domaine viticole familial en Charente, à Angeac-Champagne. Le grand-père de Bertrand décède en 1950 et « Mamie » confie le domaine en fermage. En 1963, le bail est cassé et repris par l'un de ses fils, Yves, qui devient un des propriétaires. L'exploitation est en GFA, dont les associés sont la grand-mère de Bertrand et ses cinq enfants. L'oncle de Bertrand est quasi seul aux manettes pour s'occuper d'une vingtaine d'hectares de vignes, dont les eaux-de-vie de Grande Champagne sont vendues

en totalité au grand négoce. Mais l'heure de la retraite sonne pour l'occupant des lieux. Alors, leur fille sous le bras, Sabine et Bertrand quittent Paris en août 1994 pour s'installer en location à Cognac. Ils ne savent pas encore ce qui les attend, mais c'est là et pas ailleurs qu'ils veulent vivre et construire quelque chose. Yves, l'oncle de Bertrand, se montre...très encourageant et lâche, goguenard « vous n'y connaissez rien ». Rude entrée en matière, mais loin des agitations parisiennes, cette terre de Charente et ses ciels bleu azur leur font déjà du bien.

« J'ai l'impression d'arriver dans du Mauriac », confie Sabine. Un domaine viticole bien dans le style de ce terroir de grande champagne. La cour n'est pas seulement fermée, elle est parfaitement carrée. Un logis à l'architecture intéressante mais qui n'a pas vu âme qui vive depuis la nuit des temps. Tout autour : des bâtiments agricoles en plus ou moins bon état. Et aux manettes du tout : Yves, toujours seul, dans sa vie privée et quasiment dans sa vie professionnelle. Comment s'appuyer sur lui ? « j'ai toujours fait comme ça, je ne vois pas pourquoi ça devrait changer », grommelle-t-il. Pourtant il faut tout remettre à plat, la production mais aussi l'administratif, les réglementations évoluent vite. La tâche qui attend Sabine et Bertrand est himalayenne.

Devenant le fermier du GFA, Bertrand s'attelle à l'ouvrage, apprend le métier sur le tas en s'entourant des conseils avisés de l'ouvrière de son oncle et de viticulteurs alentour expérimentés. Ceux-ci ne voient pas d'un mauvais œil l'arrivée de ces jeunots parisiens 2.0. La terre, il faut la conserver, l'embellir et si elle peut rester dans la famille, c'est encore mieux. Alors Bertrand écoute, apprend et se tue presque à la tâche dans les vignes, dans les chais. Une partie des bâtiments est restaurée, particulièrement le chai de vinification et la distillerie. Le couple habite toujours Cognac et Sabine voit peu son mari. Elle est très attentive à leurs quatre enfants, Apolline, Maxence, Clélie et Philomène. Mais elle accepte néanmoins de prendre la comptabilité en charge. Elle est admirative de ce garçon des villes qui s'est totalement remis en question, s'est approprié cette campagne, cette terre, ce savoir-faire ancestral. Elle le rejoint le temps de quelques travaux saisonniers, comme les vendanges. Des copains arrivent à la rescousse, tout s'organise petit à petit. Sabine ne perçoit que ce que Bertrand veut bien lui raconter mais elle ne cesse de le soutenir, l'encourager. Elle est ce roc en qui il trouve la force de toujours se dépasser.

Dans la distillerie, deux chaudières, l'une classique de 25 hectolitres et une autre, une petite chaudière chauffée au bois de dix hectos qui lui fait de l'œil. Alors que leurs cognacs sont vendus en quasi-totalité au grand négoce, dès 1995, Bertrand décide de mettre une barrique de côté. Il s'agit des eaux-de-vie distillées dans cette petite chaudière. Son stock grandit d'année en année et en 2007, il réalise son premier

assemblage. Sabine et Bertrand le goûtent, tâtonnent, affinent dans l'ombre des chais, décident de laisser vieillir. Cela reste leur secret qui n'est révélé qu'en 2014, lors de la première mise en bouteilles.

Pour se sortir de ce quotidien, Sabine se met à l'aviron. Là, une belle rencontre lui permet de rentrer dans le cercle très féminin de « l'Association des Vieilles Pierres ». Active et heureuse de découvrir sa région, son patrimoine et ses us et coutumes, elle en devient la secrétaire.

Elle ne va pas tarder à prendre sa vraie place et son envol au sein de ce domaine viticole familial.

Alors que Bertrand a mis de côté cette première barrique de son breuvage favori dès 1995, avec quelques projets en tête, c'est lors d'un dîner à Sarlat en 2002 que tout va se jouer. Sabine décrète que le nom de leur cognac s'appellera « Raison personnelle ». Pourquoi ? « C'est comme ça ». Ils décident que ce doit être un produit qui leur ressemble. Alors ils attendent encore un peu avant de le mettre sur le marché. Sa formation marketing revenant au galop, Sabine s'attelle au packaging. Elle avance à l'inspiration du moment. « J'ai des flashs », dit-elle. Un flacon aux lignes épurées retient son attention. Un dessin de sa fille, plutôt naïf, se retrouve sur l'étiquette. Le tout est attendrissant, tellement personnel. Cela a un petit côté « retour du jardin ».

Pourtant Microsoft ressurgit. Les assemblages vont s'appeler 1.0, puis 2.0, 3.0,... La première mise en bouteille a lieu en 2014, c'est la fête au domaine. Il ne reste plus qu'à vendre et Sabine crée un site internet. Un article dans « Whisky magazine » précipite les choses. Grâce à

plus de visibilité et l'originalité de la proposition maison, Sabine est appelée par une autre maison de cognac, plus importante. « Pouvez-vous recevoir un groupe de norvégiens ? » Waouh !, vite elle se fait un parcours de visite, l'écrit, le mémorise, songe à ne rien oublier, goûte à nouveau les eaux-de-vie avec Bertrand. Ses amies des Vieilles Pierres et des copains servent de cobayes. Sabine se lance et c'est un succès. Dans la foulée elle s'inscrit à l'office de tourisme de Cognac, visite les restaurants et les bars qu'ils apprécient. Elle se sent pousser des ailes. En 2017 elle découvre la Maison de la Grande champagne de Segonzac. C'est l'opportunité de rencontrer des producteurs animés de la même passion. Elle adhère à l'association et y passe deux jours par mois pour y présenter et vendre ses produits, mais aussi ceux des autres viticulteurs-metteurs en bouteilles. Sabine ne veut pas seulement être l'ambassadrice de ses cognacs, elle veut être celle de toute une région, de tout un savoir-faire ancestral. Une belle façon de rendre hommage à ce territoire qui les a si bien accueillis et dans lequel Bertrand, elle et leurs enfants se sont enracinés. Très professionnelle, l'année suivante elle suit une formation de dégustation à l'Université des eaux-de-vie de Segonzac. En 2020, la petite maison ouvrière est aménagée simplement mais joliment, pour accueillir la clientèle qui doit prendre rendez-vous.

Pour animer cette épopée, la musique accompagne tous les moments forts de leur vie, dans les vignes, sur le tracteur, dans la distillerie, les chais ou au bureau. À longueur de journées on peut entendre Screaming trees, Sam Cooke, Neil Young ou Bruce Springsteen, entre autres. Et les copains ne manquent jamais de clore les vendanges ou la période de distillation avec un « bœuf » endiablé, lors duquel Bertrand se met à la guitare basse.

Sabine se révèle. Il y a en elle une force, une détermination, une volonté, une énergie. Cela vient de loin, cela vient... du rock !

LE COUP DE CŒUR DE SABINE

De la pure gourmandise !

Sabine part du principe que « si vous n'aimez pas le cognac, c'est que vous n'en avez pas goûté de bons ». Elle s'empresse alors de faire goûter les siens, succès garanti ! Au cas où vous seriez encore un peu réticent, elle a un truc… sa tarte au chocolat. En fait c'est la recette de Trish Deseine qu'elle s'est appropriée pour accompagner délicieusement un de ses cognacs. Le 4.0, un vieux XO, est le bon accord du moment : un assemblage d'eaux-de-vie distillées par Bertrand il y a une vingtaine d'année, dans le petit alambic chauffé au bois. On y retrouve la puissance de la Grande Champagne, les arômes épicés alliant vanille et réglisse, ainsi que l'élégance apportée par un lent vieillissement dans un petit chai.

LA TARTE AU CHOCOLAT

Préchauffez le four à 180°. Mélangez bien *250 g de farine, 200 g de beurre, 120 g de sucre, 50 g de cacao en poudre, 1 jaune d'œuf, 1 cs d'eau.* Formez une boule et laissez-la 2 heures au réfrigérateur. Puis abaissez la pâte, mettez-la dans un moule à tarte légèrement beurré, et cuisez à blanc 15 à 20 minutes. Sortez la tarte du four et laissez-la refroidir.

Pendant ce temps, fouettez *2 œufs + 3 jaunes* et *40 g de sucre* jusqu'à ce que le mélange blanchisse. Puis ajoutez *150 g de beurre* et *200 g de chocolat noir fondus.* Remplissez la tarte de ce mélange, lissez et remettez au four 5 minutes, toujours à 180°. Sortez du four et laissez bien refroidir. Peut se préparer la veille.

À la table des amis, écoutez les autres parler, fondez sur une part de tarte au chocolat, prenez un verre de cognac et… dégustez sans attendre !

Sabine de WITASSE

REMERCIEMENTS

Aux 26 « Femmes du Cognac », qui ont permis l'aboutissement de cet ouvrage en acceptant de se livrer avec tellement de spontanéité, de naturel et de simplicité pour partager leurs parcours et permettre de mieux appréhender les méandres d'un milieu rude et peu ouvert aux femmes il y a encore peu... et sans doute toujours un peu aujourd'hui !

À toutes les autres, qu'il n'était pas possible de citer de façon exhaustive dans cet ouvrage. Elles font partie intégrante du dynamisme féminin de cette région, en œuvrant chaque jour, de la vigne à la commercialisation, avec patience, conviction et talent, à faire briller une région et son produit phare, le cognac, en France et à travers le monde.

À Elisabeth Morin Chartier, qui a accepté d'emblée de signer l'édito de cet ouvrage, et dont les actions en faveur de la reconnaissance des femmes dans le monde professionnel appuient avec force le parcours et la ténacité de ces femmes du cognac.

À Julie Pasquier, journaliste et Directrice de l'antenne Charente Libre à Angoulême, qui, en mars 2020, avait posé les bases d'un réseau avec un groupe des femmes de cet ouvrage. Pour le définir, elle avait intitulé son article «Les femmes du cognac sortent de l'ombre». C'était donc une évidence de l'associer à ce projet, mettre ces femmes dans la lumière.

À Françoise Barbin-Lecrevisse, qui a immédiatement encouragé ce projet, en partageant son expérience personnelle, son enthousiasme et ses conseils tout au long de son élaboration.

À Albane de Roffignac, photographe talentueuse, qui a suivi sans relâche ces femmes du cognac dans leur quotidien pour immortaliser avec minutie leur univers de travail.

Aux éditions La Geste, en la personne de Romain Naudin, qui a accordé sa confiance à ce projet et dont toutes les équipes ont participé avec une attention constante à la mise en lumière de cet ouvrage.

INDEX

Femmes du Cognac
De l'ombre à la lumière

ADOL Laetitia – Ets TOURNY Rémy SA – Montlambert F-16100 Louzac-St-André – Tel : +33 (0)5.45.82.27.86 mail : remytourny@wanadoo.fr

ARDOUIN Maryline – 2 route des Dambais, Pereuil F-16250 Val des Vignes – Tel : + 33 (0)6.86.40.32.23 mail : maryline.ardouin@bbox.fr

AUDOUIN LASSOUDIERE Hélène – Cognac Pierre Lecat – 1 Rue de l'Alambic, Villeret F-16140 Saint- Fraigne – Tel : +33 (0) 5.45.31.63.41 – +33(0) 6.30.19.60.73 mail : h.audouin@cognac-lecat.com – www.cognac-lecat.com

BABINOT Marine – 41 rue de gâte-chien F-16100 Javrezac
Tel : +33 (0)6.40.60.13.99 mail : marine.babinot@gmail.com

BERTRAND Thérèse – Cognac Bertrand Domaine des Brissons de Laage F-17500 Réaux-sur-Trèfle. – Tel : +33 (0)5.46.48.09.03 mail : contact@cognac-bertrand.com – www.cognac-bertrand.com

BUTLER Maud – Domaine de L'Ardillier 7 route de l'Ardillier Garancille F-16130 Segonzac – Tel : + 33 (0)6.50.12.59.60 mail : maudbutler@hotmail.fr

CONTE Anne-Laure et Blandine – Domaine Conte et filles, 7 Chemin de chez Grimaud F-16480 Chillac – Tel : +33 (0)6 80.41.87.34 – (0)6.62 38 37 06 mail : contact@contefilles.com – www.contefilles.com

COSTE BRUGEROLLE Marie-Laure – Compagnie de Guyenne S.A, 26 rue Pascal Combeau F-16100 Cognac – Tel : +33 (0)7.78.11.67.17 mail : ml.brugerolle@cdgcognac.com – www.meukowcognac.com

COUPRIE Isabelle – 93 rue des bois, La Gachère F-16170 ROUILLAC – Tel : +33 (0)6.11.99.28.64 mail : isabellecouprie@orange.fr – www.maitre-assembleur-conseil.com

CROC Pascale – La Ferme de l'Orée – EARL Le Petit Bois 5 Route de chez Barraud F-17600 Thézac – Tel : +33 (0)6 12 56 50 89 mail : contact@lafermedeloree.fr – www.lafermedeloree.fr

DAVID ALLARY Cassandre – Tonnellerie ALLARY 29, route de Cognac F-17520 – Archiac – Tel : +33 (0)5.46.49.14.59 mail : cassandre@tonnellerie-allary.com – www.tonnellerie-allary.com

FORGERON Francine – Cognac Michel Forgeron Chez Richon 11 route de Bouteville F-16130 Segonzac – Tel : +(0)5.45.83.43.05 mail contact@cognacforgeron.com www.cognacforgeron.com

FOUASSIER Julie – le Bois de Maure F-16360 Condéon
Tel : + 33 (0)6.37.50.96.88 mail : jufouassier@outlook.fr

FOUGERAT Fanny – Cognac Fougerat Fanny 21, Bd Goulebèneze F-17770 Burie – Tel : + 33 (0)6.82.71.50.18 mail : cognac.fannyfougerat@gmail.com – www.cognac-fannyfougerat.fr

GROSPERRIN Axelle – Cave La Cale, 1 rue de Courbiac F-17100 Saintes – Tel : +33 (0)5 46 90 69 03 mail : lacale@yahoo.fr – www.cognac-grosperrin.com

HARDY Bénédicte – Maison Hardy 142 rue basse de Crouin F-16100 – Cognac – Tel : +33 (0)6.74.28.02.60 mail : bhardy@hardycognac.fr – www.hardycognac.fr

LANDIER Géraldine- Cognac Rémi Landier CHAI27 133 rue de Châteauneuf F-16170 – Rouillac – Tel : +33 (0)5.45.61.77.65 mail : contact@remilandier.com – www.cognacremilandier.com

MARQUES DEL'ARCO RICARD Luisa – Cognac Pasquinet – Euro-Negoce Le Foucaudat F-16130 Juillac-Le-Coq – Tél : +33 (0)5.45.83.09.00 mail : luisadelarco@euronegoce-spirits.com – www.cognac-pasquinet.com

MORALES RECHOU Eve – Maison Réchou 48 rue du Logis F-16130 Angeac-Champagne – Tel : +33(0)5.45.83.72.94 mail : contact@maisonrechou.fr Famille.morales16@gmail.com

PASQUET Amy – Cognac Jean-Luc Pasquet 27 Chez Ferchaud – Eraville F-16120 Bellevigne – Tel : +33 (0)5 45 97 07 49 mail : amy@cognac-pasquet.com – www.cognac-pasquet.com

QUERE JELINEAU Caroline – Clos de Nancrevant 75 Chemin de Nancrevant F-17610 Chaniers – Tel:+33 (0)5.46.91.09.34 mail : closdenancrevant17@gmail.com – www.closdenancrevant.com

RABY Cécile – G ET C RABY 3 bis route de la Brée F-16130 Segonzac – Tel : +33 (0)5.45.83.35.69 mail : contact@cognac-raby.com – www.cognac-raby.com

TRIJOL Anne Sophie et Pauline – Cognac Maxime Trijol 2 Impasse du Paradis F-17520 St Martial-sur- Né – Tel : +33 (0)5.46.49.53.31 mail : contact@maximetrijol.com – www.maxime-trijol.com

VAUDON TARDIF Anne Marie – Cognac Vaudon et Cognac voyer 23 rue du marronnier F-16170 Echallat – Tel : +33 (0)6 86 98 82 83 mail : contact@cognac-voyer.fr – www.cognac-voyer.com – www.cognac-vaudon.com

VIAROUGE Virginie – Cognac Jean Fillioux 1 Domaine de La Pouyade F-16130 – Juillac-le-Coq – Tel : +33 (0)5.45.83.04.09 mail : contact@cognac-jeanfillioux.com – www.cognac-jeanfillioux.com

WITASSE Sabine de – Cognac Raison Personnelle 137 Rue des Porches F-16130 – Angeac-Champagne – Tel : +33 (0)6.84.85.56.97 mail : raison.personnelle@orange.fr – www.raisonpersonnelle.wixsite.com/raison-personnelle

CRÉDITS PHOTOS

Albane de ROFFIGNAC – photographe officielle de l'ouvrage

Julie FOUASSIER
Maud BUTLER
Pascale CROC
Marie-Laure COSTE BRUGEROLLE
Marine BABINOT
Yoshi Power Shot
Joanna MARGAN
Thérèse BERTRAND
Ève MORALES RÉCHOU
Virginie VIAROUGE
Amy PASQUET
Aurore VELLA DE SONNEVILLE
Laetitia ADOL
Philomène de WITASSE
Carole COULAUD
Maryline ARDOUIN
Maud AUDOUIN
Céline LEVAIN
Alexandre VINGTIER
Cassandre DAVID ALLARY
Isabelle COUPRIE
Xavier RENAUDIN
Nicolas RICARD
Fanny FOUGERAT
Caroline QUÉRÉ JELINEAU

LA GESTE

www.gesteditions.com

Par ce logo, nous témoignons d'une volonté de réduire les impacts environnementaux liés aux activités de l'imprimerie. Nous choisissons un imprimeur impliqué dans la réduction des gaz à effet de serre. Le choix de nos papiers assure que la production a été faite à partir d'un produit à base de bois et a suivi le cahier des charges d'une gestion durable des forêts européennes.
Achevé d'imprimer chez Denona en Union Européenne en mars 2023.

Mise en page : Benoît Le Marre
Dépôt légal : second semestre 2022

11, rue Norman-Borlaug
79260 La Crèche
05 49 05 37 22
contact@gesteditions.com